16 °°. ~~199~~. 2200.

UNE ANNÉE
DE JOURNALISME
ET 9 MOIS
DE PRISON,

Par P. Gaurence.

AGEN,

IMPRIMERIE TYPOGRAPHIQUE DE J. QUILLOT,

PLACE PAULIN, N° 1.

Août 1851.

MES ADIEUX

Aux vrais Démocrates

DU DÉPARTEMENT
DE LOT-ET-GARONNE.

AVANT-PROPOS.

Citoyens,

Le titre que je donne à ce mémoire, vous dira la tristesse que j'éprouve en l'écrivant. Il renferme à peine vingt mois d'une existence qui a déjà parcouru les quatre cinquièmes de sa durée probable, et cependant les jours dont ces mois se composent sont les plus mauvais que j'aie vécus; non que la fortune m'ait jamais traité en enfant gâté, mais parce que les douleurs qui nous viennent de ceux dont nous avons défendu la cause avec foi et dévouement, portent dans notre âme une conviction amère d'ingratitude qui les fait plus pénibles à supporter que les adversités ordinaires.

Cette réflexion semblera peut-être oiseuse à ceux qui se sont aguerris aux malveillances aveugles de l'esprit de parti; mais il est des circonstances où la plainte n'est pas une faiblesse, où c'est un devoir de conscience de repousser la calomnie, afin que les méchants ne soient pas encouragés au mal par la certitude de l'impunité.

Il ne m'est pas d'ailleurs permis de rester dans le

silence dédaigneux que la philosophie conseille ou
dans la résignation que l'Evangile prescrit, en présence des odieuses imputations dont j'ai été l'objet :
elles sont consignées dans des lettres que l'Instruction possède et dont je me propose de poursuivre
les auteurs devant les tribunaux ; elles ont parcouru le département, m'ont précédé à Lyon, pendant
qu'on m'y traînait de brigade en brigade et la chaîne au cou, m'ont enveloppé partout comme la tuni-
que empoisonnée de Nésus dans laquelle on voulait
me faire mourir désespéré. Je dois donc à la cause
dont j'ai été l'organe intelligent dans ce pays, non
pas de prouver mes détracteurs infâmes, les faits les
démontreront tels, mais d'établir que j'ai été toujours fidèle aux principes d'une vraie, d'une pure
démocratie dogmatique.

Je n'écris donc ici ni une défense, ni une justifica-
tion ; les deux journaux que j'ai rédigés successivement
sont là pour confondre mes accusateurs, mais bien un
compte-rendu de conduite, un exposé des doctrines
générales qui m'ont servi de guide depuis le jour
où j'acceptai le fardeau d'une rédaction à laquelle
un autre avait succombé avant moi, non d'impuissance mais de dégoût. C'est le moyen le plus sûr
de répondre aux intrigants et aux imbécilles, qui
n'osant pas s'attaquer à mes opinions exprimées,
incriminent mes intentions. Les hommes qui ont pu
se conserver honnêtes de cœur et probes d'intelligence au milieu de la démoralisation qui nous envahit
jugeront dans leur raison et dans leur conscience.

J'adresse spécialement ce travail aux rares amis
que j'ai conservés ; afin qu'ils restent persuadés que

je n'ai jamais été indigne de l'affection dont ils m'ont consolés pendant la double persécution que je subis. Ils me pardonneront, si je découvre un des plus tristes aspects de notre situation sociale, car la vérité a des droits imprescriptibles, et malgré le proverbe contraire, elle est toujours bonne, utile à dire. Le peuple doit aujourd'hui tout savoir afin qu'il soit le moins dupe possible des charlatans qui abusent trop de sa crédulité.

Comme j'ai quitté, pour ne plus y rentrer, sans doute, l'arène ténébreuse où les passions s'agitent ardentes, implacables, afin de n'être ni l'instrument ni le complice des fureurs qui s'amassent, je fais ici mon testament politique. Je dirai ma pensée dernière sur les choses et les hommes de notre temps avec la franchise et le désintéressement qui forment la base de mon caractère. Mon esprit est délivré de tout ce qu'il pouvait renfermer d'animosité personnelle et les amertumes de mon âme ne s'épancheront pas en vaines récriminations. Je puis même avouer que je suis loin de regarder comme un malheur la rude épreuve à laquelle j'ai été soumis. Elle a servi de laminoir, d'épuration à mes idées et à mes sentiments, en complétant les théories supérieures sur lesquelles reposait ma foi démocratique. Voilà pourquoi je ne m'étendrai pas sur les tortures physiques et morales que j'ai pu endurer; je ne veux pas qu'on puisse supposer que j'élève de mes mains un piédestal consolateur à ma vanité pour des souffrances que j'ai supportées sans les chercher, que d'autres innocents subissent encore sans murmure.

Il ne faut pas que le peuple croie que ceux qui luttent pour le triomphe de la vérité, pour le progrès moral et intellectuel de leurs semblables, n'atteignent pas au courage vulgaire du soldat, qui porte la valeur jusqu'à l'héroïsme par le seul effet de la discipline militaire et par l'amour instinctif de la patrie. Si quelques-uns de ceux dans les rangs desquels j'ai combattu, ont fait feu sur moi, tandis que je marchais à l'ennemi, il suffit de constater cette lâcheté, afin que d'autres ne soient pas victimes de la même perfidie, et que mon exemple leur serve d'enseignement; ils sauront que la pudeur et la dignité morale disparaissent du milieu des hommes lorsque les intérêts égoïstes s'exaltent, lorsque l'intrigue se met au service des instincts et des appétits matériels, lorsque les basses cupidités obscurcissent les notions du vrai et du juste.

Pour s'élever au-dessus de ces incidents de la vie politique active, il faut savoir que les partis manquent en général d'équité; l'ardeur de la lutte altère presque toujours chez eux le sens moral; ils ne voient que l'actuel et n'obéissent guère qu'à la passion du moment; ils sont à une cause ce que la colère est à l'idée positive et raisonnée, ce que la vanité est à une conviction forte et puissante. Voilà pourquoi je sépare dans ma pensée la cause démocratique sociale de ce qu'on appelle le parti républicain: cette distinction est essentielle, si nous voulons éviter les erreurs de jugement et les fausses appréciations de ceux qui ne la font pas.

De tous les partis qui s'agitent au milieu de nous, celui des républicains, seulement politiques, est

sans contredit le plus incertain, le plus soupçon-
neux, et le plus aveugle, je pourrais dire le plus
hostile à la véritable démocratie, par la raison
toute simple qu'il ne sait pas précisément ce
qu'il veut, et qu'il redoute sans cesse de ne pas obtenir ce qu'il désire; il manque de foi générale,
parce que l'égoïsme a brisé chez lui le lien moral de solidarité qui la fonde: il se compose de
meneurs, et de tous ceux qui, vivant dans les
aspirations ambitieuses de la vanité, se repaissent
de phrases et de sonores vacuités; ils ne pensent
pas, ils s'affairent, ils organisent sans but et mâ-
chent toujours à vide; placés entre les factions mo-
narchiques qui les menacent et le socialisme qui
les effraie par ses formules rigoureuses, ils s'abandonnent à deux mauvaises conseillères: la cupidité
et la terreur. Le grand tort de ce parti, qui est le
côté avorté de la révolution de février, c'est de
se parquer dans l'individualisme dont tous les
penchants sont pervers. Il fait effort à se rendre
maître de la situation, et il n'a pas d'initiative
réelle; il affecte l'hypocrite prétention de travail-
ler au bonheur du peuple, et il n'a su lui in-
suffler que la haine et la révolte, sans pouvoir lui
inspirer la foi, qui est le tempérament salutaire
de l'exaltation du sentiment; il est ardent dans ses
convoitises, implacable dans ses haines, parce qu'il
ne cherche le pouvoir que pour le pouvoir lui-
même, et l'influence que pour l'exploiter à son profit exclusif. Il est négatif au point de vue politique, moral, économique et religieux. Comme il
veut gouverner, non avec des idées, mais avec

ses hommes, il barbotte dans l'intrigue et les coteries, attendant le fait violent et le redoutant
toujours. C'est lui que Proudhon désigne, lorsqu'il accuse certains républicains de n'être que
des *blagueurs* et des *jésuites rouges*. Ce parti n'est pas
né d'hier, il date de loin, et sa physionomie n'a pas
changé depuis 89 : voici comment s'exprimait à son
égard, dix jours après la réunion de la Convention nationale, un homme qui s'y connaissait :
« Français, vous êtes en masse le plus généreux,
le plus moral de tous les peuples, et, à la légèreté
près, le plus digne de la liberté; mais aussi quel
peuple nourrit dans son sein une si grande multitude de fripons adroits, de charlatans politiques,
habiles à usurper, à trahir la confiance publique? »

Je ne crains pas de le dire, parce que c'est
chez moi une conviction; si le progrès social
dont l'esprit démocratique poursuit douloureusement la réalisation ne procédait pas d'une loi
supérieure, s'il n'était pas dans les destinées
providentielles de la perfectibilité humaine, il y
a longtemps que ceux dont je parle l'auraient
rendu impossible; s'ils étaient les seuls dépositaires, les seuls gardiens de la liberté, elle périrait
entre leurs mains, parce qu'ils tendent sans cesse
à absorber, à fausser la souveraineté.

Les temps approchent, d'ailleurs, où ils ne seront
pas seulement un embarras, mais bien un danger.
Pour comprendre la pauvreté dogmatique de ce
parti qui doit subir une transformation fatale, il
suffit de lui demander quelle est sa formule générale, quel est l'idéal qu'il apporte à la République,

cherchant dans un laborieux enfantement son complément social, sa raison d'être définitive ; le seul
titre d'être républicain n'a pas de valeur positive ;
c'est un mot captieux dont ne peuvent se contenter
le penseur et le philosophe.

Les Légitimistes, par exemple, se consolent en
supposant qu'ils sont les seuls dépositaires d'une
tradition glorieuse, interceptée, il est vrai, par trois
révolutions, mais qu'ils espèrent renouer encore.
Ils représentent, disent-ils, le principe d'unité monarchique, sanctifié par l'autorité spirituelle ; ils
promettent la moralité du pouvoir, qui résulte, selon eux, de la croyance religieuse appliquée au gouvernement des états ; ils reconnaissent même la souveraineté nationale comme seconde investiture de
puissance, lorsque le droit d'hérédité est en litige
ou tombé en quenouille. Cette formule est vieillie,
dira-t-on, inapplicable, impossible ; j'en conviens,
mais enfin il lui reste encore certaines séductions
pour l'esprit et pour le cœur ; il faut la combattre
dans les faits et dans les mœurs ; il faut la dépasser
ou bien abdiquer.

Les Orléanistes, de leur côté, proclament l'ex-
cellence du système anglais, qui a pour principe
l'ordre dans la liberté ; ils tempèrent l'absolutisme
légitimiste par une savante pondération des pouvoirs, résultant, ainsi qu'ils l'affirment, de la com-
binaison harmonique des trois termes constitutifs
d'une bonne société ; c'est-à-dire, un roi constitu-
tionnel qui règne sans gouverner, avec deux cham-
bres législatives. Les Bonapartistes, venus les derniers, n'ont pas de tradition, mais ils ont un mo-

dèle et un souvenir : ils ne s'appuient ni sur la croyance religieuse, dont ils n'ont que faire, ni sur la liberté qu'ils méprisent, mais ils ont pour eux le fait. Ils promettent un gouvernement fort, protecteur des intérêts acquis, au moyen d'une dictature militaire qui mettrait d'accord tous les partis, ou du moins les réduirait au silence. Voilà les trois formes sous lesquelles la monarchie se présente et s'affirme pour sauver une société que chacun dit en péril, et que je ne vois réellement menacée que par ceux qui veulent la gouverner malgré elle. Par quelle formule supérieure à celles des partis, les Républicains politiques espèrent-ils engager le peuple à repousser le roi ou l'empereur qu'on lui prépare, et que l'Europe voudrait lui imposer ? Ils n'en trouveront pas en dehors de la doctrine socialiste, sans laquelle les conquêtes révolutionnaires sont une véritable déception, ainsi que je le prouverai bientôt. Elle seule oppose ses données positives et rationnelles aux prétentions monarchistes du passé; elle combat le principe de l'autorité étrangère et du droit divin, par la souveraineté du peuple, par l'*autonomie* et le gouvernement direct; le parasitisme et le privilége, par le travail et le droit humain; la caste et le monopole, par l'association et la solidarité; enfin, l'aristocratie des oisifs, des violents et des habiles, par l'aristocratie des bons et des utiles. Sans le socialisme, les Républicains politiques sont obligés de revenir à 89, et alors ils sont Orléanistes; ou d'évoquer 93, et, dans ce cas, ils dressent de nouveau le Saturne révolutionnaire, toujours prêt à dévorer ses enfants. Ce n'est pas l'individualisme intrigant et jaloux, méticuleux et poltron, qui résoudra la question qui devient chaque jour plus sérieuse, plus redoutable, plus impérative entre la force et le droit, entre l'arbitraire et la justice, entre le gouvernement despotique d'un seul contre tous et le gouvernement de tous pour tous.

Nous avons vu à l'œuvre le parti contre lequel je m'élève ici, non parce que j'ai été en butte à ses fureurs bilieuses, mais parce que j'ai sondé son impuissance. Nous savons ce que firent, après février, les Républicains de la veille et les chefs de l'ancienne opposition libérale ; ils s'élancèrent à la curée des places, des emplois salariés ; ils firent lucre de tout et divisèrent entre eux l'héritage éphémère que le peuple venait d'ouvrir en le répudiant ; ils se jetèrent avec une cynique avidité sur les bribes éparses de l'organisation monarchique, et s'attachèrent comme des chenilles à l'arbre de la liberté, pour en épuiser la sève avant qu'il eût pris racine. Après avoir appelé le mouvement démocratique d'émancipation, ils cherchèrent à le confisquer à leur profit ; c'est ainsi qu'ils ouvrirent la porte de l'arbitraire par laquelle est passée la réaction pour s'emparer de la République et la museler.

Ce serait une grande honte pour nous, pour notre France bien aimée, pour ce pieux missionnaire de l'Europe, que le pays eût versé pendant cinquante ans le plus pur de son sang, qu'il eût dépensé tant de gloire, de génie, de travail et d'héroïsme durant un demi-siècle, pour aboutir, de lassitude, à la coterie du National, devenu un parti, et à M. Cavaignac. C'est comme si l'on disait que tous les grands événements de notre histoire révolutionnaire se sont accomplis au profit de MM. L......, F......, R... et Compagnie; ils ont seuls l'esprit assez étroit, le cœur assez pauvre de sentimentalité nationale pour le croire. Non, ce n'est pas pour si mince résultat que la haute et fière aristocratie de conquête est morte, que le principe monarchique est tombé sous le couperet de Guillotin, que l'Empire a péri par l'épée qui fesait sa force, que deux dynasties de rois ont été emportées dans deux orages populaires; mais c'est en vue du peuple travailleur et patient que tout cela s'est fait, que tant de calamités ont acablé nos pères : *C'est à cause de ceux qui sont sans secours, et des gémissements des pauvres,* comme dit le Psalmiste.... Or, comprenez bien ceci, mes chers citoyens, et vous saurez pourquoi l'on m'accuse, et quels sont ceux qui m'accusent d'avoir trahi la République.

Je vous expliquerai, dans un autre chapitre, comment j'ai attiré sur moi les colères de l'esprit de parti, en enseignant ces principes au peuple.

P. Gauzence.

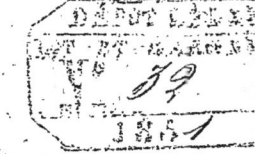

UNE ANNÉE
DE JOURNALISME
ET 9 MOIS
DE PRISON.

CHAPITRE Ier.

Coup d'œil rétrospectif. -- Révolution de Février; appréciations. -- Voyage à Paris. -- La Constituante. -- 24 Juin. -- Départ pour Bordeaux. -- Arrivée à Agen.

> Celui qui attaque ma réputation me prive
> d'un bien qui ne le rend pas plus riche,
> et il me fait véritablement pauvre.
>
> SHAKESPEARE.

§ Ier

Si la démocratie était, chez nous, plus dans les mœurs et les convictions que dans le vague du sentiment; si les hommes qui posent comme chefs et meneurs avaient plus de bonne foi que de basse cupidité, je ne serais pas réduit à écrire ces pages douloureuses. S'ils avaient travaillé à éclairer, à étendre, à moraliser l'esprit public, au lieu de l'étriquer dans le cercle vicieux des rivalités électorales; si nous étions, en un mot, plus dévoués à la cause et moins ignorants des devoirs qu'elle implique, je n'aurais pas à constater que dans le Lot-et-Garonne, deux rédacteurs ont succombé, en deux ans, aux outrages de ceux qui les avaient appelés à la direction du journal républicain. Le premier s'enfuit couvert d'opprobres, parce que sa liste avait succombé avec 42,000 suffrages aux élections dernières; le second, qui supporte, sans plainte ni murmure, une persécution atroce, inouïe, est contraint de repousser la calomnie du fond des cachots où la réaction l'a plongé. Tous deux ont vécu sous la pression d'une coterie vaniteuse et rancunière, qui voudrait berner la pensée des écrivains à l'étroit horizon dont elle est le centre, et tout soumettre à son égoïsme froid et jaloux.

J'ai longtemps hésité à dévoiler ses intrigues, que tout le monde aperçoit d'ailleurs, mais dont il est fort difficile de s'affranchir. Je les regarde comme le dissolvant corrupteur de la Démocratie et sa plaie morale, dans ce pays où chacun pourrait arriver si facilement à la générosité de caractère, à la bienveillance, par l'effet du bien-être que la fertilité du sol y répand. En présence d'injures imméritées, la fierté du citoyen me conseillait le silence et le mépris, mais l'honneur de l'homme me prescrit de publier la vérité. L'opinion républicaine n'a rien à perdre à cela, car je suis persuadé que ceux qui s'arrogent parmi nous le droit de défaire, par le mensonge et la diffamation, les réputations qui les gênent, ne sont pas nombreux; les motifs qui les font agir ne sont un secret pour personne, bien que leur influence funeste embrasse quelquefois le département et l'agite d'une manière déplorable.

Je puis donc, sans nuire à la cause que j'ai défendue, qui me sera toujours chère, malgré les sacrifices qu'elles m'a coûtés et les amertumes qu'elle m'apporte, sommer ces détracteurs de me suivre sur le terrain de la publicité où je les appelle. Allons, Messieurs les Basile, quittez ce masque sous lequel vous n'êtes qu'à moitié cachés! renoncez à la diffamation confidentielle, mettez un nom que chacun puisse lire aux odieuses imputations que vous propagez, comme je mets le mien à l'accusation de calomnie dont je vous flétris. Je revendique ici contre vous la considération que vous avez lâchement tenté de me voler, et j'ouvre le champ clos, en appelant le peuple pour juge.

Comme je ne veux pas amoindrir le débat en le limitant à de vaines récriminations, et parce qu'il faut que la démocratie gagne toujours quelque chose, même aux scandales qui se produisent, je ferai l'historique de mon année de journalisme: je raconterai dans quelles circonstances je vins à Agen, sans que je l'eusse, ni demandé, ni désiré, ni prévu, afin que chacun puisse bien connaître ma vie, mes idées et mes sentiments qu'on incrimine à la fois. Cet exposé, qui sera suivi du récit de ma détention et de ses causes, me paraît nécessaire, en ce qu'il touche aux questions les plus importantes et les plus débattues de la politique et de la morale sociales.

§ II.

Quelque répugnance que j'éprouve à mettre en scène ma personnalité, en dehors des événements auxquels j'ai été directement mêlé, je dois cependant raconter-en peu de mots quel fut mon passé; car la malveillance est allé fouiller dans les années écoulées, pour les salir de sa bave corrosive. Il me paraît toutefois inutile et ridicule de répondre à l'imputation de monarchisme dont on a chargé ma première existence d'homme; nul n'est à l'abri de cette allégation banale d'où ne peut sortir ni gloire ni honte pour personne. Ceux qui me l'opposent étaient peut-être, avant Février 1848, les humbles valets de M. Dumon, où les plats sycophantes de quelque favori ministériel. Le portefeuille de M. Baze contient, dit-on, le secret du civisme d'emprunt de plusieurs d'entr'eux.

Toutefois, sans affecter l'insignifiante prétention d'être *de la veille*, je puis dire que j'ai assisté, de 1822 à 1826, au réveil de la liberté dans deux pays, dont l'un se délivrait, après un sommeil humilié de plusieurs siècles, du cauchemar monacal, l'autre du servage musulman que le cimeterre de Mahomet II lui avait imposé depuis 1453.

Après de longues pérégrinations chez les nations étrangères, où m'avait conduit le désir vagabond de voir et d'apprendre, je revins en France, au moment où la tempête de Juillet 1830 emportait le trône de Charles X, à la place duquel le capital triomphant inaugurait le gouvernement boursicotier de Louis-Philippe. Les trois années qui suivirent cette défaite incomplète du peuple furent remplies par des cours de droit et par un voyage en Angleterre. Puis je fus admis comme professeur à l'école de Sorèze, où je restai jusqu'à ce que cet établissement reçut une direction cléricale. A l'existence nomade du touriste succéda dès lors la vie placide et méditative de l'homme d'étude.

De grands malheurs de famille m'accablèrent en 1840, et un procès ,que mes occupations m'empêchèrent de surveiller, m'enleva le peu de bien que je possédais. C'est alors que je me retirai à Toulouse, où je demeurai cinq ans toujours attaché à l'enseignement. Je fis paraître, en 1844, un ouvrage sur l'Espagne historique, littéraire et monumentale, qui fut assez bien accueilli, et dont l'impression compléta ma ruine. La nature de mes études me lia de relations avec les personnages politiques de ce temps; mais je me tins soigneusement éloigné des luttes de la presse; elles me semblaient alors sans attraits et sans utilité, parce que les discussions ne portaient guère que sur les faits dégoûtants de la corruption gouvernementale érigée en système. Néanmoins, j'envoyais, par intervalles, des articles de littérature et de philosophie à l'Émancipation où l'on peut lire ,entre autres choses de moi, une critique sévère de la brochure de M. de Valmy sur le pouvoir temporel des Papes.

En 1846, je dus a l'intervention affectueuse de quelques amis d'entrer dans l'université, et je fus envoyé, en qualité de professeur d'histoire au collège de Fontenay-le-Comte. A la chaire que j'occupais, fut joint un cours public de littérature comparée. Mais bientôt les leçons ,recueillies et livrées à l'impression par les auditeurs, furent jugées trop hardies, trop démocratiques par le ministre qui ferma le cours et m'exila à Pamiers, quinze mois après ma nomination.

Pendant que je me rendais à ma nouvelle destination, la révolution éclata ; j'étais dans la voiture qui en apportait la nouvelle aux villes étonnées du sud-ouest, parmi lesquelles Bordeaux me parut plongé dans la consternation. Cet évènement ne me surprit pas ; il était contenu fatalement dans la logique des faits antérieurs. Depuis longtemps j'avais dit avec l'auteur d'Attala : *nous marchons vers un avenir inconnu qu'il faut saluer de loin.* Tout annonçait aux esprits observateurs que la France devait être l'instrument de la plus grande des révolutions humaines. J'avais bien souvent, dans mes solitaires méditations, précisé le rôle émancipateur de notre pays qui a toujours été le cœur fervent de l'Europe ; le dogme de la perfectibilité indéfinie, prêtant sa loi positive aux données de l'expérience, j'avais pu formuler les tendances du mouvement qui emportait, à son insu, notre génération.

Dans le moment où il s'accomplissait, je me contentai d'étudier son caractère actuel et ses effets immédiats, tandis que les avidités vulgaires en exploitaient les bénéfices éphémères.

J'arrivai à Toulouse avec le flot révolutionnaire et j'y pus admirer les exentricités autocratiques du citoyen Joly, qui, prenant au sérieux son rôle de proconsul improvisé, régnait en pacha d'Orient dans la ville des troubadours. Pendant que je contemplais, spectateur calme, mais non indifférent, la joie délirante de la foule conduite par des chefs dont l'enthousiasme était plus incertain que celui qu'ils excitaient, un homme que j'avais à peine connu autrefois, se détachant d'un groupe, vint à moi et me prenant la main : nous pensions à vous, citoyen, dit-il, et vous avez bien fait de venir. Quelle place souhaitez-vous? Nous avons tout pouvoir. Je suis à la préfecture comme chez moi. On y fait de bons dîners que nous arrosons avec le champagne de Duchâtel. Puis nous destituons et révoquons en masse les vils suppôts de Louis-Philippe. J'ai conseillé à Joly de faire table rase. Vous savez que j'étais à côté de lui au Capitole; c'est nous qui avons les premiers en France proclamé la République. Il ne tient donc qu'à vous d'être employé. Voulez-vous être commissaire extraordinaire à 25, à 40 francs par jour? Vous n'avez qu'à parler; je vous présenterai et vous serez nommé. On dit bien que vous êtes un peu puritain, mais on l'oubliera pourvu que vous promettiez de ne parler ni de Dieu, ni de la Providence, jusqu'à nouvel ordre. Ainsi, hâtez-vous et dites franchement ce que vous désirez prendre?

La diligence, répondis-je en souriant, à ce protecteur officiel que j'ai revu depuis, hélas! sans place, sans argent et sans foi politique, solliciteur repentant, à la porte d'un réactionnaire. Le soir même j'étais installé au poste modeste où M. Salvandy m'avait relégué, quelques jours avant qu'il fût entraîné lui-même dans la chute de la dernière monarchie.

Je vivais à Pamiers dans un isolement studieux, lorsqu'un hasard presqu'aussi malheureux que celui qui m'a conduit à Agen, me poussa d'une main fatale dans le tourbillon passionné qui entraînait toutes les existences. J'étais occupé à chercher dans la solitude la loi positive qui doit servir de base à la forme, nominale encore pour nous, de l'état républicain. Il faut bien, me disais-je, qu'il y ait plus qu'un vain mot dans les aspirations de ce peuple qui se lève et bondit au cri de liberté. Si la perfectibilité idéale que l'esprit conçoit jusqu'à l'absolu, que l'humanité poursuit à travers les larmes et le sang des générations qui se succèdent dans une lutte sans fin, correspond à un type réel, il faut qu'elle ait tôt ou tard son application sur la terre. L'intelligence doit donc trouver le principe vrai du changement qui vient de s'opérer et qui n'est, sans doute, que la suite, le lien de continuité des émancipations que le progrès amène. Plus je sondais cette pensée, plus il me semblait que l'idée religieuse et le sentiment moral peuvent présider seuls à une organisation harmonique de l'activité individuelle et générale chez les peuples civilisés, car ces deux éléments de communion donnent seuls pour résultantes la liberté par le devoir, l'égalité par la justice.

J'avais soigneusement étudié, d'un autre côté, la constitution des républiques de l'antiquité et celles des temps modernes; les faits imposants de notre histoire révolutionnaire étaient tous présents à ma mémoire. Partout, je rencontrais la loi faite en défiance, en haine du peuple, et le pouvoir violent, oppresseur, immoral. Nulle part je ne voyais régner ni la justice, ni l'égalité. Chez les anciens, le mot république signifiait puissance, liberté pour le riche, dépendance, abjection pour le pauvre. A côté de cette dénomination fastueuse, je voyais la caste, le privilége, l'aristocratie de conquête, de naissance ou d'argent, peser sur le prolétariat condamné au travail, à la misère, à l'esclavage.

Dans Athènes, par exemple, où l'élément appelé démocratique dominait par intervalles, quatre grandes familles se disputaient le pouvoir et l'exerçaient par la tyrannie ou par la corruption. Les Thêtes (prolétaires) n'avaient aucune sorte de droits; et le peuple, maintenu dans une loquace fainéantise, recevait l'aumône sur la place même où il votait les lois, décidait de la paix et de la guerre, bannissait Aristide et condamnait Socrate à Lacédémone, cent cinquante mille Ilotes nourrissaient de leur sueur et de leur sang la féroce indépendance de cinquante mille Spartiates grossiers; trois hommes étaient sacrifiés à un seul.

A Rome, la plèbe, qui formait les sept dixièmes de la population, n'avait ni terres, ni droits politiques, ni mariage légitime; à Rome, la loi permettait au créancier de vendre au marché son débiteur insolvable, et si plusieurs créanciers se présentaient en même temps, ils pouvaient se partager son corps avec un couteau, sans être tenus pour la quantité plus ou moins grande de chair que chacun enlevait; la loi avait désarmé le juge de la pitié qui sauva le marchand de Venise du couteau de Schylok. A Rome, enfin, où des sénateurs possédaient jusqu'à 30,000 esclaves, Brutus, le meurtrier de César, prêtait à 60 0|0 et avait Cicéron pour homme d'affaires.

Ma pensée suivant le cours des âges, arrivait à Venise, à travers les petites républiques italiennes, mortes toutes dans les convulsions de la guerre civile. Venise, cette reine mercantile de l'Adriatique, regardait le livre d'or de son opulente noblesse comme le Palladium de la cité; chez elle, le sombre tribunal des Dix, invisible et présent partout, régnait, despote mystérieux, aussi implacable que la destinée, par la terreur et la délation. Cette république périt le jour où retentit, sur la place Saint-Marc, le mot égalité! Dans l'Amérique du Nord dont le lucre est la seule religion sans schisme, il y a encore des états à esclaves qui attendent toujours leur première émancipation.

Telles étaient mes réflexions sur la question républicaine que Février venait de poser, et j'en concluais que sans les institutions et les mœurs, sans une transformation dans l'essence même du pouvoir, sans une morale politique, en un mot, les avantages que l'on espérait de la révolution opérée n'arriveraient pas. Je compris d'abord qu'on n'atteindrait au bien-être égalitaire qui est le rêve des âmes pieuses que par l'union intime de la science et du travail devenant ensemble gouvernement. Dans ma conviction, la souveraineté du peuple ne peut reposer que sur la solidarité absolue des intérêts et des sentiments, sur l'extinction de l'oisiveté parasite qui traîne attachés à son manteau de prostituée le paupérisme et la mendicité!

La politique du passé qui est celle du fait a toujours consisté à restreindre, à concentrer la souveraineté avec le pouvoir qui en est la forme extérieure, dans une famille, une caste ou une classe privilégiée; la maxime gouvernementale était : diviser, apauvrir pour régner, maintenir l'ignorance et la superstition. C'est ainsi que l'absolutisme de la caste, de la conquête et du capital ont tour-à-tour dominé despotiquement sur le travail esclave, serf, monopolisé, exploité, sur la raison persécutée, proscrite ou dédaignée. La formule rédemptrice de l'avenir doit être : association, moralité, bien-être, universalisation de la souveraineté, royauté du travail, sacerdoce de l'intelligence. Mais pour en arriver là, il faut que l'idée élève les natures qui n'ont que des instincts matériels, en épurant celles qui n'obéissent qu'aux appétits.

Je ne fus donc pas trompé aux apparences, comme tant d'autres, et je vis bien que la nation à qui on jetait comme nécessité du moment, le symbole encore peu étudié et peu compris, même de ceux qui le proclamaient, liberté, égalité, fraternité, était poussée dans une voie périlleuse, où elle se trouverait bientôt serrée jusqu'à strangulation par ceux qui voulaient absorber la souveraineté.

Je suivais, néanmoins, d'un œil attentif et studieux les ondulations des partis qui se formaient et scindaient déjà le peuple, selon les intérêts menacés ou les espoirs conçus. Les monarchistes d'abord abattus par l'événement de Février, la bourgeoisie libérale surprise par sa soudaineté imprévue reprirent courage en voyant les populations incertaines et le gouvernement provisoire divisé. Bientôt ils crièrent à pleine poitrine : *Vive la République! tout pour le peuple et par le peuple!* puis ils dressèrent le fantôme du communisme dont ils firent une habile machine de guerre contre les hommes et contre les idées. Les *partageux* épouvantaient bien

plus les pauvres diables qui n'avaient pas un écu
vaillant dans leur poche que les riches qui trem-
blaient pour leurs personnes et pour leurs pro-
priétés. La réaction s'était mise à la tête du mouvement en attendant qu'elle put le maîtriser. Les
bulletins et l'impôt des 45 centimes la secondèrent
merveilleusement.

C'est dans ces circonstances que les délégués d'un
club formé à Pamiers, vinrent me prier, au nom de
la liberté, d'enseigner au peuple la démocratie qu'il
ignorait. J'obéis à cet appel ; mais en quittant les li-
vres qui avaient consolé ma solitude, je fis une
sorte de renoncement de ma personnalité ; une voix
intérieure m'avertit qu'en me lançant au milieu de
la tempête politique, je serais dévoré par les passions que j'allais provoquer ou braver. J'abordai,
néanmoins, la tribune populaire et j'enseignai la liberté, la justice, l'égalité. Je fis pressentir au peuple, qui ne comprenait pas encore sa dignité de citoyen, les destinées que l'avenir lui réserve.

Chaque jour je sentais se développer, plus puissant en moi et s'épandre au dehors, l'enthousiasme
démocratique ; mon cœur s'identifiait davantage a-
vec les besoins, les douleurs et les saintes aspirations de la multitude dont j'entrevoyais déjà la réhabilitation religieuse et sociale. Pendant quarante
jours, je me consacrai à l'instruction de 1500 personnes qui m'offrirent spontanément une candidature à l'Assemblée constituante. Mais je déniai mo-
destement cet honneur en voyant surgir des pré-
tendans par centaines, dans un pauvre département
qui n'avait que sept nominations à voter. Je crus

que dans ce nombre formidable de législateurs im-
provisés, il serait facile d'en trouver de bien plus
dignes que moi de remplir le mandat que je n'osais
pas accepter.

Savez-vous, maintenant, quelle fut, après la conviction intime d'avoir rempli un devoir, la récompense de mes efforts, quel en fut le résultat dernier ?
une extinction de voix et la perte de ma place ; c'est-
à-dire la maladie et la pauvreté. Je n'avais pas acquis un ami, et j'avais soulevé d'implacables ressentiments. Le peuple oublia bientôt, sans doute,
les leçons et le professeur, tandis que la réaction
me punit de l'audace que j'avais montrée ; l'un ne
comprit pas mon dévouement, l'autre ne me le
pardonna pas. Que faire, en effet, d'un homme qui
ne demande rien, afin de conserver le droit de dire
la vérité ? il faut le rendre odieux ou misérable ; car
dans les moments où l'erreur fausse le jugement, où
la cupidité corrompt le cœur, c'est presque un ennemi commun. Cette triste vérité m'a été démon-
trée, pour la seconde fois à Agen. J'aurais eu un
bien autre succès si j'avais été un trafiquant de paroles, un brocanteur de pensées, comme nous en
connaissons tant.

Voilà mon passé, avant 1848 ; telle fut, à partir
de cette date célèbre, mon initiation à la vie politique active. Que ceux qui me jettent aujourd'hui
l'outrage et la diffamation fassent de leur côté un
rappel de conscience et qu'ils rapprochent leur vie
de la mienne. Nous verrons quelle a été la mieux
remplie et la plus utile. Bientôt après je fus obligé
de faire le voyage de Paris, non pour y chercher

fortune, comme on dit, je me sais impropre à toute fonction administrative, mais parce que ma laryngée menaçait de devenir une infirmité. Pour l'honneur de notre génération, je n'oserais pas raconter tout ce que j'observai dans la capitale de vénalité famélique, de cyniques prétentions, d'impudentes insanités de la part de ceux qui y accouraient des divers points de la France comme à une facile curée; je dois dire seulement, qu'au milieu des tatonnements et des effrois mal dissimulés de l'Assemblée nationale, je vis se produire les plus graves, les plus cruels événements. A quelques semaines des fêtes de la Fraternité, où chaque parti avait apporté ses défiances, ses rancunes et ses colères vivaces, j'assistai aux sanglantes journées de Juin dont le souvenir pèse encore, lugubre et terrible sur mon âme endolorie. Je vis durant trois jours mourir, sans cris, sans murmure, muets et résolus, des milliers d'hommes immolés dans un conflit barbare. Ceux qui s'étaient embrassés, naguère au Champ de Mars, en présence de la statue de la Liberté, s'entretuaient dans les rues de la ville, en proie à l'épouvante. De chaque côté flottait le symbole de la république naissante; mais entre les deux camps, poussés au carnage par des mains invisibles, s'étaient dressés les serpents des discordes civiles qui essayaient d'étouffer l'Hercule populaire encore au berceau.

Qui nous dira les causes mystérieuses de la grande immolation de citoyens qui eut lieu alors, et dont la patrie est encore en deuil? quels noms l'histoire incertaine aura-t-elle à flétrir, à maudire? Nous sa-

vons les victimes, mais les instigateurs impies restent inconnus. Cependant, on dit que la main de
Dieu s'est déjà abaissée sur des fronts coupables et
que son doigt infaillible y a écrit ce mot : bour-
reau......

Lorsque je quittai Paris, la République était pro-
clamée ; elle avait sa charte élastique, la bourgeoisie son brevet temporaire de gouvernement, et la
réaction triomphait. La Constituante avait enterré,
jusqu'à résurrection nouvelle, le problème social,
en le réduisant à une question de politique tran-
sitoire; elle exaltait néanmoins, bien qu'elle n'eut
fondé ni la souveraineté ni la liberté et qu'elle aban-
donnât à la logique fatale des faits le soin d'appla-
nir les difficultés devant lesquelles elle reculait de
terreur ou d'impuissance. La République ainsi
qu'on l'a organisée n'est à mes yeux qu'une forme
provisoire et un en-cas désespéré; c'est le point d'in-
tersection entre le passé qui résiste et l'avenir qui
se formule. Ceux qui s'arrêtent à ce fait sans vir-
tualité font le repas fantastique du Barmécide; ils
se repaissent de chimères. Lorsqu'ils parlent au
peuple de droits acquis et consacrés par la Constitution, ils sont d'impudents charlatans; ces droits
n'ont dans l'état actuel des choses, aucune réalité.
Lorsque la souveraineté est absorbée dans la représentation il n'y a aucune liberté positive, c'est l'arbitraire qui est constitué sans contre poids.

Le dilemme entre le droit et le fait, entre le gouvernement d'un seul et celui de tous a serré depuis
trois ans son alternative impérieuse. Le problème
devient chaque jour plus difficile à résoudre pacifi-

quement, car il est autrement sérieux que les esprits
vulgaires ne le pensent. Il consiste 1° à déterminer
d'une manière certaine le principe de la souveraineté et son exercice, mal définis jusqu'ici et faussés
dans la représentation ; 2° à dégrever la propriété
foncière d'une hypothèque de douze milliards qui,
attachant l'agriculture à la glèbe comme le serf du
moyen âge, tend à concentrer, avec le temps, la possession entière du sol en un petit nombre de mains ;
3° à soulager le travail du poids d'un budget de
guerre de 1800 millions, au moyen duquel on fait
payer au peuple et nourrir par lui sa propre servitude ; 4° à délivrer l'industrie des intermédiaires usu-
raires qui enlèvent à l'ouvrier neuf milliards sur
vingt de ses produits annuels, sans lui rien donner
en échange ? 5° enfin, à fonder la liberté réelle sur
les assises durables de l'association et de la solidarité, d'où sortira l'élément moralisateur de l'ordre
nouveau. Tant que ce problème restera incompris
ou dédaigné, la souveraineté nationale sera une déception, la liberté un vain mot, l'égalité un rêve, la
fraternité une duperie.

Voilà l'objet de la doctrine socialiste. Sa majesté
et son universalité d'application échappent encore à
la vue myope des républicains parlementaires, aux
consciences que l'orgueil obscurcit et passionne,
que l'égoïsme aveugle et maîtrise. Les hommes à la
pensée élevée, à l'ame généreuse et sympatique l'ac-
ceptent et la propagent ; elle seule peut arracher le
pays de l'impasse où il est acculé ; elle parle au cœur
du peuple à qui elle promet la guérison des plaies
dont il souffre depuis si longtemps. Les réactionnai-

res ont beau serrer de toutes leurs forces le nœud gordien de la révolution de Février, il y a quatre millions d'Alexandre toujours prêts à se lever pour le couper.

Je sais bien que le dogme positif de l'avenir se heurte encore à des obstacles puissants, car c'est une condition de notre nature que la vérité y trouve une pénible et lente éclosion. D'ailleurs, toute forme politique ou religieuse qui se voit mourir dans les idées et dans les mœurs, résiste à la destruction ; elle concentre tout ce qu'il lui reste de vitalité, d'énergie éparse en un suprême et dernier effort contre celle qui l'envahit, l'étreint et lui succède fatalement. Cette lutte est en quelque sorte nécessaire, afin que les conquêtes de l'esprit démocratique ne soient jamais sans gloire pour l'humanité. L'expiation qui les accompagne est, en quelque sorte, le sceau divin qui garantit leur durée. Il en est des institutions vieillies comme des individus et des races décrépites ; quand l'heure est venue, il faut qu'elles disparaissent. Lorsque cette heure fatale arriva pour la féodalité, la royauté sentit sa force grandir et son influence unitaire s'étendre ; lorsqu'elle sonna pour la monarchie, la bourgeoisie triompha dans sa puissance méconnue. Qui sera donc glorifié le jour où celle-ci sera contrainte de renoncer à ses prétentions éphémères de gouvernement ? d'humilier sa vanité devant la justice et l'égalité, de même que la noblesse brûla un jour ses vieux parchemins et déposa sa morgue aristocratique sur l'autel de la patrie ? Jetez les yeux autour de vous ; cherchez où est la foi et la vie, la force et la

volonté! là est aussi l'héritier de la féodalité morte
le glaive au poing, le casque en tête ; de la monarchie de Saint-Louis, ensevelie avec Louis XVI dans
son drapeau bénit; de la bourgeoisie qui agonise sans
gloire entre la peur et l'égoïsme.

La théorie socialiste, dont j'ai été le missionnaire
persécuté, se réduit, dans mon esprit, à deux pro-
positions principales qui ont de nombreux corol-
laires. La souveraineté réelle et non fictive pour le
peuple, dans l'ordre politique, et la mutualité soli-
daire dans le domaine du travail et de l'industrie;
c'est-à-dire le gouvernement direct avec l'autonomie
et l'abolition de l'usure sous quelque forme qu'elle
se produise. Je ne conçois pas autrement l'expression idéale de la révolution de Février et son but ul-
térieur. Si le droit humain ne peut pas surmonter
les obstacles qui s'opposent à la transformation radi-
cale de la société monarchique, la loi du progrès in-
défini est une illusion mensongère de l'orgueil scientifique; la porte de l'espérance est fermée avec celle
de la justice sur les douleurs de l'humanité; l'Europe civilisée doit retourner à la barbarie d'où elle a
mis quatorze cents ans à sortir; l'œuvre de Dieu a
trouvé sa solution de continuité, et la parole du
Christ : *Soyez parfait comme votre père qui est au ciel
est parfait,* est une prescription dérisoire. Il ne reste
plus aux apôtres de la liberté que le glaive de Caton,
ou le bain de Sénèque le philosophe.

§ III.

Mais, heureusement pour nous, il n'en est pas

ainsi : le passé doit servir d'enseignement au présent. Laissons les Jérémie attristés de notre siècle pleurer sur la ruine des institutions qui ne sont plus. C'est en vain qu'ils essaient de nous mettre en défiance de nous-mêmes, en nous faisant peur de notre ombre. La révolution française ressemble au Shiva symbolique du Trimourti de l'Inde ; c'est le Dieu destructeur et créateur qui édifie et renverse sans cesse. Dépouillons-nous, pour un moment, de notre orgueil, de notre ignorance, de notre corruption ; revêtons le cœur du peuple, et sentons avec ses entrailles ; bientôt nous apercevrons les proportions augustes de l'édifice que l'activité nationale élève de ses bras robustes à la gloire de l'humanité.

Le dogme émancipateur est formulé et pénètre partout ; il échauffe de ses rayonnements salutaires le peuple, qui, sortant à peine de la tutelle où on le tenait allangui, arrive peu à peu à l'intelligence de sa souveraineté. Elle sera dans un avenir rapproché le véritable générateur d'une puissance nouvelle, d'une autorité plus légitime et d'une morale plus pure que celles du passé. Cette souveraineté qui consiste à se gouverner soi-même, à faire la loi à laquelle on obéit, et qui repousse toute autorité, tout pouvoir étranger, il l'a conquise par soixante ans de luttes et de longs siècles de souffrance ; il l'a payée de ses sueurs, de son sang et de sa gloire : qui oserait la lui disputer ?

La constitution, qu'on oublia de lui faire sanctionner, la reconnaît en principe, bien qu'elle l'infirme dans ses conséquences directes. Elle dit, en effet, que la souveraineté réside dans l'universalité

des citoyens, et qu'aucune partie, aucune fraction
du peuple ne peut sans crime en exercer les préro-
gatives. Cependant, elle-même la déplace aussitôt et
la transporte toute entière à une assemblée qui ne
relève que d'elle-même. N'y a-t-il pas ici une contradiction flagrante entre le droit et le fait, entre le
principe et la conséquence, entre le sujet et l'attribut ? On ne l'aperçut pas d'abord, ou l'on feignit de
ne pas le voir; mais les inconvénients de cette erreur ou de cette mauvaise foi ressortent déjà de la
situation anormale où nous nous trouvons.

Examinons la question qui est encore incomprise
pour la plupart d'entre-nous, car l'instruction des
classes aisées a été presque partout mal faite: elles
ont généralement plus de vaine loquèle que de véritable savoir, plus de légèreté passionnée que de puissance d'observation. Considérée dans sa nature
même, la souveraineté est indivisible et inaliénable;
elle ne peut pas être séparée, sans disparaître, sans
être annulée de l'exercice permanent qui la mani-
feste. Dans cette condition rigoureuse, elle ne peut
être ni déléguée, ni aliénée absolument; elle peut
bien donner naissance à des pouvoirs qui soient sa
forme et son expression extérieures, mais ces pouvoirs ne peuvent jamais l'infirmer elle-même dans
sa manifestation. Son caractère essentiel est d'être
principe et sanction d'autorité. Telle nous conce-
vons la souveraine puissance de Dieu qui n'a de
bornes que les êtres émanés de lui et maintenus
dans des rapports harmoniques par la science infinie que nous nommons Providence. Dans cette conception, l'attribut de liberté est la condition de la

souveraineté. Si nous transportons cette donnée, du domaine métaphysique dans l'ordre social, dont les lois tendent à se rapprocher de plus en plus de celles de l'univers, il faudra bien que nous y trouvions l'unité et la variété, l'harmonie générale et l'affirmation individuelle; sans cela, il n'y a pas ordre, mais oppression, il n'y a pas stabilité, mais antagonisme. Lorsque Proudhon s'est élevé contre l'hypothèse religieuse, de laquelle on a déduit pour le gouvernement des peuples le principe d'autorité sacerdotale et monarchique absolue, les priviléges de la caste, les hiérarchies oppressives, et qu'il a appelé cette hypothèse accomodée aux besoins des usurpateurs, le mal; il avait raison, puisqu'on fesait Dieu complice de la tyrannie et de l'injustice.

Le Catholicisme romain en monarchisant le Christianisme, abusa également de l'autorité religieuse, bien qu'il appelle l'homme le roi de la création, à cause de son origine divine, de sa raison supérieure et de son libre arbitre; mais entre l'individu et son semblable, entre la volonté et son développement perfectible, entre le livre du monde ouvert devant nous et notre intelligence, cette religion place toujours un guide étranger, un surveillant jaloux, un régulateur arbitraire qui domine la liberté de l'homme, la paralyse sans cesse, soumettant sa raison en vertu d'un pouvoir d'autant plus absolu qu'il repose sur le titre d'une révélation indiscutable; à tous ses points de vue, cette religion est hostile à la souveraineté populaire et à la liberté individuelle.

La doctrine socialiste se sépare des croyances du

passé par son principe et ses procédés; elle forme
une science d'induction, qui, prenant l'homme intelligent et libre, le met directement en rapport
avec les forces de la nature qu'il harmonise, féconde et s'assimile par son travail, avec ses semblables auxquels il s'unit et s'associe, auxquels il
s'identifie, de manière que sa liberté trouve sa
limite et son équilibre dans la liberté d'autrui.
De la société constituée sur ce principe naît la
notion morale de justice et d'égalité qui lui sert
de base, et le sentiment de fraternité qui en est
le couronnement. La justice et la liberté en s'u-
niversalisant forment la souveraineté de tous et l'indépendance relative de chacun. Voilà les principes
sur lesquels s'appuie le droit antérieur et supérieur
du peuple et du citoyen. Le pouvoir exercé en dehors de ce droit primordial, ou contrairement à lui,
est un fait violent, usurpé, qui existe quelquefois
dans l'ignorance du droit, ou dans son abandon,
mais qui ne le prescrit jamais.

Ce droit que les peuples appliquent d'inspiration
à mesure que la conscience de la liberté individuelle
s'affirme et que la conception générale de justice s'é-
tend, fait que nous appelons glorieuses les révolutions qui le consacrent, en démolissant pièce à pièce
tous les despotismes; ces révolutions ne prendront
fin que lorsqu'il n'y aura plus chez les peuples usurpation de souveraineté. Ce raisonnement me semble
aussi clair que la lumière du jour. Sa conséquence
logique est que la souveraineté démocratique qui est
celle de la raison humaine, tend invinciblement à
l'absolu. Si on l'absorbe, si on la restreint, elle lut-

te et combat jusqu'à ce qu'elle meure ou triomphe.

Dans cet ordre d'idées, tout système qui personnifie la souveraineté est une tyrannie criminelle; toute forme politique qui la fractionne est un arbitraire provisoire qui provoque l'antagonisme des forces entre les termes qui exercent le pouvoir et le peuple sur lequel il pèse. Nous devrions bien être convaincus de cette vérité, nous qui avons tour à tour subi et combattu toutes les usurpations, accepté et brisé tous les despotismes depuis la conquête barbare jusqu'à l'absolutisme de la gloire et du génie. Si l'on suivait de siècle en siècle toutes les émancipations diverses de la société française, on trouverait qu'elles correspondent toutes aux diverses absorptions de souveraineté qui ont eu lieu. C'est une loi constante de notre histoire depuis que le Christianisme s'est introduit dans les mœurs et dans les institutions. Il en sera donc de même jusqu'à ce qu'il n'y ait plus tyrannie au sein du peuple, c'est-à-dire usurpation, concentration exclusive du gouvernement. Il est aussi injuste qu'un homme augmente sa liberté de celle d'autrui, qu'il est impie qu'il se fasse riche de la pauvreté de son semblable.

Ces principes éternels échappèrent sans doute à la Constituante qui se montra certainement inférieure à l'œuvre qu'elle était appelée à fonder. Elle ne vit pas le péril de la situation anormale qu'elle créait. La seule concession qu'elle fit à l'esprit démocratique, débordant de toute part, fut de reconnaître en droit la souveraineté de la nation qu'il lui eut été impossible de contester en présence de la victoire qu'elle venait de remporter sur la monarchie; mais elle le borna au privilége, dérisoire pour le peuple, de se choisir périodiquement 750 maîtres entre les mains desquels il en abdique le dépôt, qui n'entraîne pas de responsabilité et qui n'admet pas de contrôle. Dans cette amère ironie, on le salua roi mais en lui liant les mains, en lui laissant son manteau de misères et sa couronne d'épines. On proclama la liberté, mais l'Assemblée se réserva de la limiter, de la restreindre selon le caprice de son omnipotence. Voilà comment on a pu dans les lois appelées organiques fausser ou dévier les conséquences naturelles de principes acceptés comme vrais. Cherchez dans ces lois ce que sont devenues la souveraineté, la liberté de communion entre les cœurs et les âmes, les droits sacrés de la pensée et la dignité du travail? Vous trouverez dans leurs dispositions prohibitives une triste réponse. Aucun droit n'a échappé à la proscription, pas même le plus naturel, le plus saint, le plus nécessaire à l'homme vivant en société, la liberté individuelle qui est livrée aux gendarmes, aux mouchards et à la police politique. Je ne puis pas indiquer, autrement que par cet énoncé, comment les habiles du parti monarchique ont su exploiter au profit du despotisme une révolution qui doit changer les conditions civiles, politiques, morales et religieuses de l'Europe.

Chacun aurait pu prévoir, comme moi, ces résultats malheureux en voyant agir l'Assemblée Constituante, en l'écoutant parler. Chargée de créer un monde, elle s'amusa selon l'expression de Pierre Leroux, à *mettre du noir sur du papier blanc*. Elle ne s'aperçut même pas que l'expres-

sion dernière du travestissement démocratique
dont elle revêtait l'organisation monarchique, encore debout, devait être tôt ou tard une dictature;
qu'on la nomme Cavaignac, Changarnier, L. Na-
poléon ou Blanqui, peu importe. Pourquoi, me
demanderont peut-être, ceux qui ne voient pas
plus loin que le bouc de la fable? Parce que la
souveraineté, détournée de sa source, disparaît
dans la délégation. Le pouvoir qui en émane,
en étant indépendant, il devient nécessairement
absolu. Dans les crises que cette situation fausse
amène, il doit se retourner contre le peuple sous
la forme du despotisme.

Pendant qu'on discutait les articles de cette étrange Constitution, que les pouvoirs dont elle est la
mère font effort à renverser, une voix (c'était celle
d'un prince de l'Église, je crois,) s'écria : *Je demande un sabre!* Celui qui parlait ainsi révéla le secret
des terreurs communes et les intentions cachées de
la majorité. Nous pouvons entrevoir aujourd'hui
cette solution terrible du sabre qui devient de plus
en plus imminente. On a précisé depuis d'une manière plus énergique cette pensée qui est au fond
de bien des âmes, en disant: le socialisme ou le
canon, la dictature ou une convention.

Mais, savez-vous ce que c'est que la dictature
dans les républiques aristocratiques, marchandes
ou bourgeoises? Lisez les annales de l'antique Rome
et vous trouverez que c'est le droit de mort donné
à un homme sur chaque tête vivante parmi le peuple, en vertu de la maxime arbitraire : le salut public est la loi suprême. Cette dictature est implaca-

ble parce qu'elle n'admet pas le contrepoids moral
qui tempère ordinairement l'absolutisme monarchique lui-même; car, celui-ci, toujours gêné par le
lien de continuité qui engage l'avenir dans le passé
et la transmission dans l'hérédité, s'arrête devant
la limite tracée par l'intérêt de conservation. Dans
la République, telle qu'on nous l'a faite, le pouvoir
n'étant pas la forme extérieure de la souveraineté,
n'étant pas soumis à une sanction effective, s'abrite
à volonté derrière l'axiôme qui peut justifier les
plus atroces mesures ou leur servir de prétexte.
C'est ainsi que l'éventualité probable d'un fait violent, tyrannique, sanguinaire ou d'une nouvelle révolution nous menace sans cesse.

Ce que j'avance est si simple, si élémentaire,
qu'il n'est pas permis de se dire homme politique
si on ne le comprend pas, ou si on le conteste. Veut-
on une preuve de ce que j'affirme? Qu'on cherche
pourquoi Charles X et Louis-Philippe se retirèrent
presque sans combat devant une émeute, tandis
qu'ils avaient encore assez de soldats fidèles, assez
de généraux et de munitions de guerre pour défendre, au-moins pour un temps, leur couronne attaquée; et l'on trouvera qu'ils n'osèrent pas risquer
leur principe dans une bataille décisive où ils crai-
gnaient de le noyer dans le sang. Que l'on compare
leur conduite avec la manière d'agir de M. Cavaignac, investi d'un pouvoir discrétionnaire par l'Assemblée nationale dans un moment de terreur légitime; on le voit employer aussitôt contre une por-
tion du souverain, révoltée en juin, le fer, le feu, la
mitraille; il transporte et proscrit sans jugement,

crée la juridiction expéditive et sommaire invoquée par l'évêque d'Orléans, et sacrifie sans sourciller à la maxime arbitraire, qu'il traduit impitoyablement, plusieurs milliers de citoyens. Je n'ai pas à juger ce fait exorbitant; je ne puis le qualifier ni sous le rapport politique, ni dans son aspect moral; je le prends tel que l'histoire contemporaine me le présente, saignant encore, et je démontre par lui la vérité de mon argumentation. J'aurais pu me servir, à son défaut, de la dictature de Marius, ou bien de celle de Sylla.

Je suis certain que plusieurs de ceux qui liront ces pages trouveront ces principes trop absolus; cela prouve simplement que ces questions fondamentales de l'ordre social, bien que débattues chaque jour dans les entretiens particuliers, dans les écrits et dans les discours de la tribune, sont encore incomprises ou négligées. Cela prouve qu'il existe encore parmi nous beaucoup de préjugés et de superstition. Si Louis-Michel Lepelletier vivait de nos jours, il pourrait s'écrier, comme en 1790: *Loin de nous cet engourdissement politique, ce poison destructeur de toute énergie, le froid modérantisme…. alliage monstrueux de la servitude et de la liberté, sentiment mixte, système faux dans les temps de crises, que Solon punissait de mort dans Athènes, qu'en France tous les partis flétrissent par le mépris, impuissant pour la chose publique, fatal à celui-là même qui l'adopté, et dont les demi-moyens, épuisés bien avant le terme de la carrière, nous la font voir toute jonchée des débris de tant de réputations échouées, de tant de héros avortés qui n'ont pu fournir la carrière de la révolution toute entière.*

Pour moi, sans me trop préoccuper de l'état de l'opinion dans les milieux où je me suis trouvé, j'ai toujours cherché la vérité abstraite dans le domaine de la conscience pure et de l'observation extérieure. Aussitôt que je crois être en possession de la vérité, je vais droit aux conséquences qu'elle implique, sans jamais éluder, ni faire plier, dans la théorie, leur rigueur magistrale. Ce qui fait que je méprise l'ignorance dans ceux qui sont obligés de savoir, et que j'abhorre la mauvaise foi, qui est l'improbité de l'intelligence, dans les hommes de talent.

C'est là, sans doute, une funeste disposition à apporter dans les relations de la vie ordinaire, et principalement dans le journalisme; car celui qui se maintient dans la chasteté idéale d'une pensée haute et fière, tandis que sa position le met en contact avec toutes les infirmités et toutes les intempérances desordonnées du cœur et de l'esprit, soulève infailliblement contre lui les natures grossières et s'entoure d'animosités passionnées. Cet écueil, je le connaissais avant d'entrer dans la presse et j'aurais pu l'éviter si j'avais voulu; j'ai préféré le braver au risque de m'y briser. Voilà mon tort; c'est le seul que j'avoue sans pouvoir me résoudre à me repentir.

Si l'on applique, maintenant, ces tendances de caractère à la courte vie politique que j'ai parcourue, l'on comprendra comment j'ai pu, en même temps, attirer sur moi les haines méritées du parti monarchique et devenir l'objet des malveillantes appréciations de ceux qui espéraient faire de ma plume un docile instrument d'ambition ou de vengeance personnelle.

Je consigne ici cette remarque, afin qu'on ne soit pas trop surpris par ce qui va suivre et que chacun puisse se prononcer en connaissance de cause. Ce n'est pas sur des on dit qu'on doit juger lorsqu'une intelligence et une âme d'homme sont en cause. Qu'on n'oublie pas surtout que je ne fais pas un plaidoyer, car je ne veux, ni séduire, ni flatter personne, mais une simple exposition d'idées. Ce que je tiens principalement à établir, c'est que j'ai été toujours dans la bonne foi.

Si je ne suis pas en même temps dans l'erreur, et que l'on ait bien compris ce que j'ai dit de la souveraineté, on doit en conclure avec moi qu'une représentation, autre que celle qui existe, qu'une majorité plus foncée en couleur, plus montagnard pur sang ne résoudra pas le problème posé et dont le provisoire funeste cause le malaise qui nous dévore, atteint les transactions, arrête l'industrie et sème en tous lieux une fermentation sans but et sans issue.

§ IV.

Dans la position fausse où la France se trouve placée, il ne peut y avoir qu'une guerre fatale et stérile entre les partis devenus ennemis irréconciliables, et dont le peuple paiera les frais d'argent, peut-être de sang, selon l'habitude, c'est la guerre au pouvoir qui se livre entre les états-majors opposés. C'est sur notre dos qu'ils se battent, et c'est dans notre cuir qu'ils cherchent à tailler les courroies dont ils pensent nous fustiger. Chacun d'eux veut gouverner à l'exclusion des autres, et le dernier mot est pour tous le fait de surprise, de violence ou d'extermination.

Le suffrage universel ne semble-t-il pas avoir été inventé tout exprès comme une promesse banale et permanente d'adoption forcée pour tous ceux qui ont la fureur de jouer un rôle? Je ne veux pas examiner quels seront les effets ultérieurs de cette institution, qui n'a été jusqu'ici qu'une immense duperie. Son insuffisance commence à se faire sentir d'ailleurs, et la loi du 31 Mai 1850 l'a prouvée absurde; je vais seulement en indiquer les inconvénients au point de vue moral. Le suffrage, plus ou moins universel, greffé au hasard, sur le système de centralisation monarchique, comme investiture rétribuée et temporaire de pouvoir, a ouvert la porte à toutes les médiocrités paresseuses, à toutes les consciences maculées, à toutes les ambitions exagérées; il a mis en scène toutes les corruptions de l'âme et du corps, tous les péchés capitaux qui se sont dirigés vers la représentation avec la certitude d'y trouver une satisfaction plus ou moins prochaine. Je défie qu'on me signale un vice, quelqu'odieux qu'il soit, qu'un intrigant ne trouve moyen d'utiliser dans les luttes électorales ; tandis que la dignité, la pudeur, la probité modeste, la vraie science sans emploi, restent à l'arière-garde.

Je ne dis, au demeurant, rien que chacun ne sache, bien que peu de personnes y aient réfléchi.

Tout le monde connaît jusqu'où va chez nous cette dépravation politique que je signale, cette insanité furibonde de candidature, cette soif de pouvoir et d'influence qui rend les poitrines haletantes, cette âcre jalousie qui corrode les cœurs. Depuis que j'ai pu sonder cette hideuse plaie morale dont nous mourons, j'ai été épouvanté. Il est certain qu'il existe en France plus de 200,000 individus qui ne pourraient pas gagner utilement leur pain de chaque jour par un travail honnête et continu; qui n'ont aucun guide certain de conscience et de volonté, à qui nul de nous n'oserait confier le soin de son honneur ou de ses affaires, et qui se croient néanmoins très-capables de devenir les législateurs du pays, d'être les arbitres de ses destinées.

Cette triste et dangereuse aberration de la fibre républicaine de notre époque m'avait fait prendre en dégoût la vie politique active qui m'avait un moment entraîné; je cherchais, dans ma foi simple et naïve, des citoyens et je ne trouvais que d'insolents égoïsmes, des négations impertinentes; je m'étais réfugié, après avoir vu opérer la cabale Marrast, et pendant que la Révolution déviait, dans le monde de la spéculation philosophique. De sa hauteur, je contemplais les résultats généraux sans être affligé par les intermédiaires qui les hâtent ou les retardent; mais la chute du collége où j'étais professeur, me rejeta vers la fin de 1849 dans le tourbillon, et me contraignit à une nouvelle expérimentation. Je ne regrette pas de l'avoir faite, bien qu'elle ait empoisonné ma vie d'amertumes, en dévorant ma liberté.

Me voici donc arrivé au moment le plus

cruel et le plus calomnié, le plus avili de mon existence, à celui qui a tracé un douloureux sillon qui ne s'effacera plus. J'étais à Bordeaux, j'y vivais inconnu du fruit de quelques leçons particulières qui suffisaient à mes besoins et à ceux de mon fils, lorsqu'un de ces incidents que nous nommons hasard, parce que leur filiation mystérieuse nous échappe, me mit de nouveau en contact avec le monde et la politique d'où je m'étais exilé depuis un an.

Un jour du mois d'octobre, après ma promenade habituelle sur le cours d'Albret et sur la place du Palais, j'entrai dans un café pour y lire les journaux de Paris. On avait parlé dans la journée d'un message présidentiel, et j'étais désireux de le voir.

Dix personnes environ se trouvaient dans la salle où j'avais été conduit par ma bête, comme dit M. X. de Maistre, plutôt que par ma volonté déterminée.

— Garçon, m'écriai-je, en m'emparant d'une feuille qui se trouvait étalée sur une table, un verre d'eau sucrée!

Comme personne n'arrivait à mon appel, je jetai les yeux autour de moi, et je vis les consommateurs groupés autour du poêle, écoutant un homme assis qui dissertait.

Je m'approchai, mu par cette curiosité naturelle qui fait de nous le peuple le plus badaud de l'Europe, une trouée se fit dans ce moment dans le cercle des auditeurs et je me trouvai poussé jusqu'auprès de celui qui parlait, et qu'on me

dit être le rédacteur d'un des journaux réactionnaires de la ville.

Son discours me l'aurait fait deviner d'ailleurs.
C'était une violente et facile diatribe contre la République, contre le Gouvernement Provisoire et
contre les Commissaires de Ledru Rollin. Après la
critique des personnages, dont il esquissait assez
bien la carricature, il s'attaqua aux principes et aux
idées; il nia le progrès démocratique qu'il appela
un aveuglement fatal de l'incrédulité démagogique,
et conclut en affirmant que la monarchie seule pouvait guérir les maux de la patrie et sauver la Société de la ruine certaine qui la menaçait.

J'avais écouté avec une curieuse attention le développement de cette thèse banale dans laquelle bar-
bottent, depuis trois ans tous les écrivassiers de bas
étage. Je souriais aux sombres périodes de l'orateur, qui se complaisait dans sa phrase et frisait sa
période. J'étudiais cependant l'homme plutôt que
je ne suivais l'enchaînement des pensées. L'assis-
tance était captivée; tous n'approuvaient pas sans
doute, mais nul n'osait contredire; il jouissait
de son succès, dominant de son regard satisfait
le cercle des spectateurs, comme pour provoquer
un tribut mérité de félicitations.

Dans le mouvement circulaire que sa prunelle,
dilatée par la joie, parcourait, il m'aperçut, et
m'adressant un sourire gracieux:

— Que pensez-vous, Monsieur, dit-il, des doctrines que je viens d'exposer? Ne croyez-vous
pas que dans l'anarchie où nous sommes, il serait utile de les propager partout?

Cette question était le dernier trait de la vanité triomphante; elle me déplut moins cependant que la mauvaise foi qu'il avait montrée dans son discours.

— Auriez-vous parlé pour moi? lui répondis-je, en le saluant.

— J'ai certainement parlé pour tous ceux qui écoutaient, répondit-il, et chacun peut en faire son profit.

— Dans ce cas, ajoutai-je aussitôt, vous me permettez non seulement d'avoir une opinion, mais encore de l'exprimer?

— Bien volontiers, s'écria-t-il : la lumière jaillit du contact des idées, et j'ai trop bonne opinion des vôtres pour penser que vous voyez les choses autrement que moi.

— Je voudrais vous laisser dans cette persuasion, Monsieur, mais la vérité m'oblige à dire que je suis entièrement opposé à votre manière d'apprécier les hommes et les faits; si d'ailleurs vous avez cherché à prouver que vous avez assez d'esprit pour plaider habilement une mauvaise cause, votre but est atteint; c'est la seule concession que je puisse vous faire. Sur ce, je m'inclinai de nouveau et je me disposai à sortir.

Il devina mon intention, et se sentant piqué au jeu : — Vous ne nous quitterez-pas ainsi, s'écria-t-il, avant d'avoir prouvé à ces messieurs que ma cause, qui est celle de tous les hommes d'ordre, est mauvaise.

Je pourrais me dispenser de vous donner cette satisfaction, répliquai-je, et m'en tenir au simple é-

noncé de mon jugement ; cependant, au risque de
passer à vos yeux pour un homme de désordre, je
vais le développer.

Mon calme et la froide politesse qui accompagnait
mes paroles produisirent un singulier effet sur mon
interlocuteur qui se repentait évidemment de m'a-
voir attiré dans la discussion. L'auditoire paraissait
fort intrigué et chacun attendait. J'étais, moi, con-
trarié de la tournure personnelle que la conversation avait prise ; cela fit que je me livrai avec plus
d'acerbité que l'urbanité française me le permettait,
peut-être, à l'examen analytique des opinions,
des idées et des principes qu'il avait émis. Je réta-
blis les faits dénaturés, et je prouvai qu'il avait
manqué de justice, de bonne foi et de sentiment patriotique.

A mesure que je parlais, je le voyais s'agiter d'impatience, rougir et pâlir tour-à-tour ; sur ses traits
se peignait l'humiliation et la colère ; il essaya de
m'interrompre, mais les spectateurs lui imposèrent
silence, et lorsque j'eus achevé de parler ils applau-
dirent de toutes leurs mains. Le pauvre homme essaya bien de lutter encore mais nul ne lui prêta attention et il dut renoncer à reconquérir l'avantage
qu'il venait de perdre par sa faute. Quant à moi, je
m'esquivai presque honteux de mon succès, et me
promettant bien de ne plus me laisser entraîner à
des assauts de paroles et surtout dans de pareils
lieux, avec des inconnus.

Tel fut l'incident bizarre, imprévu qui me tira
pour la seconde fois de l'obscurité où je me cachais.
Quelques témoins de la scène qui avait eu lieu

connaissaient Tandonnet, le rédacteur de la *Tribune de la Gironde ;* on lui en parla comme d'un triomphe de parti, il voulut me voir, et m'engagea à faire quelques articles pour son journal. Bientôt le démon de la publicité s'empara de moi et je fus compté au nombre de ses collaborateurs officieux. J'en étais à mon quatrième article, lorsque je reçus de Tandonnet un billet par lequel il m'annonçait qu'il avait pour moi une position plus avantageuse que celle de professeur courant le cachet.

J'allai le voir aussitôt et il me proposa la rédaction en chef du *Républicain de Lot-et-Garonne.* Je fus d'abord plus effrayé que ravi d'une offre semblable. J'étais sans précédents ni relations politiques ; sans expérience, sans connaissance de ce qu'on nomme le métier ; je refusai, il insista. M. Nasse qui survint se joignit à lui et me pressa de ses affectueuses instances ; il me vanta la beauté du climat, la fertilité du sol, le caractère bienveillant des habitants et surtout l'excellent esprit démocratique dont les populations sont animées.

Il parla aussi des fondateurs du journal comme de gens dévoués au parti qu'ils avaient embrassé et qui avait donné à sept d'entre eux une minorité formidable de 42,000 voix aux élections dernières. Ce fait qui me présentait la cause démocratique puissante dans le pays, me détermina. Tandonnet acheva de vaincre mes derniers scrupules en m'assurant que la rédaction est une affaire d'habitude et qu'une expérience de quelques semaines suffirait à faire de moi un rédacteur consommé.

Il augurait trop bien de mon intelligence ou il eu-

bliait dans ce moment une grande partie des difficultés qu'il disait faciles à surmonter. Si j'avais connu, comme aujourd'hui ; les dégoûts et les périls attachés au rôle que j'allais accepter, si j'en avais pu
comprendre toute la responsabilité, je l'aurais re-
poussé.

Mais il y a dans la vie de chacun de nous une fatalité relative à laquelle nous obéissons, tout en supposant ne suivre que notre volonté raisonnée, c'est
celle de l'enchaînement des circonstances. Un événement auquel ma position me rendait pour ainsi
dire étranger, m'avait fait, malgré moi, orateur populaire, un incident imprévu me fit écrivain politique à mon insu; presque à mon corps défendant.

Mon existence, dès ce moment, ne m'appartint
plus; chacune de ses moindres parcelles devint du
domaime public. A la vie politique pourrait s'appliquer aussi bien qn'aux portes de l'enfer, l'inscrip-
tion du Dante : *Lasciate ogni speranza voi qu'intrate.*
Un rédacteur démocrate, en province, parle au peuple des bienfaits de la liberté et il est lui-même esclave : il devient la proie d'un parti et de chacun des
individus qui le composent. Il n'y a plus pour lui
de vie privée; le soupçon, la défiance, l'espionnage
l'entourent. On le craint et on le menace, on le flat-
te et on le déchire; il habite une maison de verre
où tout le monde se croit en droit de pénétrer. Tout
cela sans préjudice des périls personnels auxquels il
est exposé de la part du parquet qui le guette comme
une proie qui lui doit revenir tôt ou tard.

Je ne pouvais pas faire alors toutes ces amères réflexions qu'une triste expérience m'a suggérées. Je

supposais que tous ceux qui se disaient unis à la cause républicaine apportaient à sa défense la bonne foi, le
désintéressement que je sentais au fond de mon cœur.
Je ne vis que la vérité à exposer devant des hommes qui la cherchent et qui l'aiment; la justice à
proclamer, l'arbitraire à flétrir, l'ignorance à combattre, le peuple à instruire, à consoler en lui faisant espérer le règne de la liberté, de l'égalité, de la
fraternité! J'abandonnai Bordeaux qui m'était une
ville hospitalière, pour Agen ou j'ai trop souffert
pour que j'aie à me réjouir jamais d'y être venu.

CHAPITRE II.

Mon installation. -- Essais de rédaction. -- Esquisses de caractères. --
Personnages politiques. -- Loi du 31 Mai. -- Condamnation
du Républicain. -- Fondation du Radical. --
Tempête soulevée. -- Mon arrestation.

§ Ier

J'arrivai dans les dispositions morales que j'ai
dites à la fin du chapitre précédent, avec la crainte
de me trouver inférieur à l'œuvre entreprise et qui
me paraissait plus formidable à mesure que le moment de la présentation approchait. J'étais au reste
libre de tout sot orgueil, de toute vaine personnalité;
je ne sentais en moi ni ambition, ni fatuité et je le

regrette d'autant plus ces deux défauts, dont la philosophie m'a dépouillé, que je les ai vus chez d'autres réussir très-bien et devenir de puissants moyens de succès et d'influence.

Pour moi, je ressemblais un peu au Bias antique, portant pour tout bagage et provision des études assez bien faites sur le passé, et quelques idées systématisées pour l'avenir. La plus positive, la mieux vérifiée de ces idées, mais aussi la plus dangereuse pour mon repos, c'est que le suffrage, plus ou moins universel, ne peut donner, dans les circonstances actuelles, qu'une législature sans initiative réelle, sans utilité ; qu'il ne peut sortir de lui que des pouvoirs de résistance, à l'état réactionnaire, destinés à s'user dans les vacuités sophistiques d'un parlementarisme négatif.

L'histoire de nos Assemblées nationales l'a prouvé pour nos pères ; ce que nous voyons depuis trois ans le démontre pour nous. Cela vient de ce que la Législative exerce par délégation une souveraineté qui ne lui appartient pas en propre ; de ce qu'elle est mandataire et souveraine à la fois, ce qui la met dans une position fausse ; car elle se trouve représenter le peuple, contre le peuple lui-même dont elle repousse le contrôle et la sanction. Il n'est pas étonnant que la majorité devienne une faction, monarchique si l'influence aristocratique domine, démagogique si l'élément démocratique l'emporte. Dans les deux cas, elle ne peut tendre qu'à concentrer dans ses mains le gouvernement, en limitant les droits, en faussant la liberté.

Dans cette condition, le pouvoir délégué est inévitablement amené à infirmer, à chaque instant, son titre de délégation. De manière que l'Assemblée législative semble n'avoir qu'une mission fatale, celle de tuer la souveraineté du peuple en, servant de marchepied à la tyrannie. Toutes les lois restrictives du principe de liberté, depuis deux ans, sont une conséquence de ce cercle vicieux où la Constitution a placé la France.

Ceux qui, dans un but d'élection, promettent au peuple une extension de droits l'abusent ou se trompent, car ils s'appuient sur une véritable mystification ; ils sont dupes ou fripons. La liberté est un attribut essentiel de la souveraineté. « Elle consiste, » dit Condorcet, à pouvoir faire tout ce qui n'est » pas contraire aux droits d'autrui ; ainsi, l'exercice » des droits naturels de chaque homme n'a de bornes » que celles qui assurent aux autres membres » de la société la jouissance de ces mêmes droits. » Déplacez la souveraineté et la liberté disparaît avec elle ; elle n'existera jamais complète, tant qu'un pouvoir quelconque en sera le dispensateur.

La Constitution qui enlève au peuple le droit de sanction de la loi, qui lui appartient en principe, a inventé le président pour contrebalancer le pouvoir énorme dont elle a investi l'Assemblée ; elle l'a fait sortir aussi du suffrage et lui fait représenter une ombre de royauté, sans lui permettre de régner, ni de gouverner, mais d'administrer. Comme pouvoir exécutif, il est un des attributs de la souveraineté, qui se trouve ainsi placée, pour ainsi dire, en commandite entre l'Assemblée et lui ; tout cela en dehors du véritable souverain qui n'a d'autre recours contre les dépo-

sitaires infidèles, que de ne pas les choisir une seconde fois, s'il est encore libre de le faire.

Ceux qui ont suivi avec attention le jeu pénible
de cette organisation étrange, dont les rouages mal
engrenés menacent de se briser à chaque instant, où
des pouvoirs distincts et confondus s'entrechoquent sans cesse, peuvent seuls comprendre dans
quel pot-pourri gouvernemental la Constitution nous
a jetés.

De là provient l'antagonisme ardent et passionné
qui existe au sein de la représentation; de là cette
lutte continuelle entre les deux termes émanés de la
souveraineté, qui s'accusent d'être l'un à l'autre un
obstacle et un danger et qui se paralysent dans leurs
tendances divergentes, au point qu'on a pu craindre
tour à tour une dictature ou une convention blan-
che. Ces deux pouvoirs, qui ne sont pas la forme
extérieure et dépendante de la souveraineté, mais
son absorption entière, n'ont été et n'ont pu être d'accord que lorsqu'il s'est agi de combattre le principe
même de leur investiture. Aussi, la République n'a
vécu, languissante et torturée, que par la rivalité
des partis qui l'attaquent en la gouvernant. Le
peuple n'a pu opposer à leurs prétentions, hostiles
à la liberté, que la résistance passive devenue un
pouvoir moral.

Je ne vois pas ailleurs la cause de la terreur d'a-
venir qui tourmente les esprits, de l'affaissement auquel certaines âmes succombent, de l'irritation qui
s'empare de la partie jeune et vigoureuse, de l'arbitraire qui usurpe tous les jours davantage la place
de la justice. La moitié de la nation ne croit plus

qu'à la force, l'autre moitié la redoute. Lorsqu'un gouvernement en est arrivé là, il n'y a plus de garantie possible pour le peuple. De tout ce qui précède on peut légitimement conclure qu'il n'y a qu'un gouvernement pire que la monarchie représentative, c'est une république représentée comme elle l'est chez nous.

Je me borne à cette affirmation qui semblera peut-être étrange, mais dont la portée sérieuse ne peut échapper aux esprits observateurs. Il doit être évident pour les moins clairvoyants, aujourd'hui, que l'état actuel en France, n'a pour garantie de stabilité que son instabilité même, c'est à dire, l'espoir tacite qui est acquis aux divers partis de pouvoir le renverser aisément. Après la parole célèbre de M. Thiers : *l'Empire est fait !* et la phrase révélatrice de M. de Grammont : *demain nous aurions un roi,* je n'ai plus rien à ajouter à mes appréciations.

J'avais mesuré toute l'étendue du danger que présente cette situation anormale, lorsque j'entrai, il y a 24 mois, soldat volontaire dans l'arène de la publicité ; je dus par conséquent m'attacher à préparer l'opinion démocratique à résister à l'usurpation, de quelque côté qu'elle se produisit. Je m'appliqai à bien faire comprendre au peuple, qu'il doit sauvegarder le principe de souveraineté qui nous sauvera tôt ou tard en s'affirmant. Toutefois, je ne confiai à personne que j'étais atteint de la misanthropie du candidat en général, de l'antropophobie du représentant en particulier. Les intéressés l'induisirent de la hardiesse de mes théories, et dès ce moment ils me vouèrent une haine d'autant plus violente qu'elle fut longtemps contenue.

Si l'on m'eut dit à Bordeaux, où l'on vint me chercher, que le *Républicain de Lot-et-Garonne*, qui avait déjà été fatal à un premier rédacteur, était destiné spécialement à *faire réussir* aux élections générales une liste donnée; qu'il était sous le patronage jaloux et défiant de sept candidats stéréotypés, restés meurtris sur le champ de bataille du dernier combat électoral, où ils accusaient leurs adversaires d'avoir fait la multiplication des bulletins, je n'aurais pas accepté le servage honteux d'une rédaction à leur profit exclusif. M. N. eut la délicatesse de ne pas me parler de cette circonstance, et les membres des comités de surveillance et de rédaction se gardèrent bien de la mentionner, quoiqu'elle fut pour eux sous-entendue.

L'intrigue et la coterie sont la ruine des partis; elles sont l'origine de tous les excès qui les deshonorent ou les ensanglantent. Je hais, pour cette raison, de toute la puissance de mon âme, les cabales et les petits complots qui interviennent, comme causes secondes, dans les événements et les embarrassent. Tout le monde devrait penser comme moi à cet égard, en voyant les intrigants périr presque toujours dans leurs propres embûches.

§ II.

J'entrai dans la presse sous de mauvais auspices : la voiture qui m'apporta fut deux fois sur le point de verser, et un de mes amis m'écrivit : *Je cesse mes relations avec vous : quand Socrate devient folliculaire ses élèves l'abandonnent; vous vous donnez aux rouges, les rouges vous mangeront.* Il n'était plus temps de reculer, j'étais lancé; il fallut aller jusqu'au bout.

Lorsque je me présentai au bureau du journal, j'étais seul, un peu malade et fort soucieux du tour que la fortune me jouait. Mon air était celui d'un homme qui se défie de ses forces et du terrain sur lequel il marche. On avait convoqué les gros colliers du parti, et j'allais comparaître devant eux comme devant un tribunal. La haute opinion que je m'étais faite de leur science, de leur moralité et de leurs lumières, me donnait l'air d'un pauvre écolier qui doute et hésite, tremble et balbutie devant des examinateurs dont il redoute la sévérité.

En entrant dans la salle où ils étaient réunis, je les aperçus rangés autour d'une table couverte d'un tapis vert; ils m'attendaient en devisant, sans doute, sur la pluie et le beau temps, sur la récolte nouvelle. Je les saluai de mon air le plus doux et le plus caressant, ils étaient dix en tout. Mon humilité parut leur plaire; ils se levèrent de leurs siéges et murmurèrent en souriant quelques paroles que je n'entendis pas, puis chacun reprit sa place et je restai debout.

Nous nous regardions en silence, moi ne sachant trop quoi dire à ces hommes qui se taisaient, eux ayant trop de questions diverses à me faire pour se résoudre à me parler. Ce mutisme recueilli dura dix minutes et devenait pénible pour tous. Parleront-ils, ou ne parleront-ils pas, me disai-je?

Pendant que je réfléchissais s'il ne serait pas plus utile pour moi de reprendre la diligence de Bordeaux, un grand jeune homme, à la figure pâle et sèche, aux épaules étriquées, aux jambes longues et grêles, à l'air suffisant, se leva; il était mis avec cette négligence affectée qui distingue les lions de province qui ont assez vu la capitale pour y prendre des vices en échange des ridicules qu'ils y apportent.

— Monsieur, dit-il, en se balançant sur ses supports de héron, vous avez sans doute en manuscrit plusieurs articles déjà faits que nous pourrons insérer dans le journal?

La question exprimait un doute et une provocation; je souris à celui qui l'avait posée et je lui répondis:

— J'espère, Monsieur, que vous ne me croyez pas assez impertinent pour écrire des appréciations sur des événements qui ne sont pas encore, et que vous me supposez assez d'intelligence pour apprécier les événements politiques, à mesure qu'ils se produisent.

— Oh! c'est différent, reprit le dandy, et il se laissa choir sur sa chaise.

La glace était rompue: un gros Monsieur, à la mine calme et placide, à l'œil un peu douteux et voilé, vêtu d'une redingote et d'un pantalon noir, sur lesquels tranchait un gilet blanc, prit la parole de sa place. A son premier mouvement je vis qu'il allait faire un long discours: il toussa légèrement, puis il avança horizontalement la main droite dont l'index était ouvert et les trois doigts retenus par le pouce, tandis que la gauche caressait le nœud de sa cravate de satin:

— Vous savez certainement, Monsieur, fit-il, que

l'homme, vivant en société, est soumis à un triple développement, physique, moral et intellectuel ; toutes les *estatistiques* sont d'accord là-dessus ; car si l'homme a un corps, il a aussi une âme. Vous croyez, n'est-ce pas, que l'homme a un âme ?

— Je suis bien loin de la lui refuser, répondis-je précipitamment, puisque j'en accorde quelquefois une aux bêtes...

Il est probable que l'orateur, dont les *estatistiques* et les *estatuts* m'ont fait souvent tressaillir depuis, prit ma réponse pour une impiété ; le fait est qu'il s'arrêta court, et que son discours prit fin.

Comme j'avais à craindre de la part de chacun des assistants une dissertation ou un interrogatoire, je pris la parole afin d'éviter les divagations qui n'aboutissent pas. Je parlai de la rédaction du journal, du but à atteindre, de la ligne politique à suivre et je fis une exposition simple et claire, basée sur les principes démocratiques les plus incontestables ; je demandai à ces Messieurs s'ils acceptaient ces données premières, et chacun ayant approuvé, je me retirai. Le lendemain, je pris la direction du *Républicain de Lot-et-Garonne*, comme rédacteur provisoire, en attendant l'assemblée générale des actionnaires.

Je dois dire, pour être juste, que je ne reçus de personne ni politesse, ni gracieuse invitation ; on me laissa dans un complet isolement, avec M. G. B.... pour auxiliaire dans la disposition et l'arrangement de la feuille. Les membres du comité venaient quelquefois nous visiter au bureau, avec d'autres curieux, et je m'aperçus, à la gêne de leur contenance, que mes articles, pour lesquels je ne demandais jamais leur avis, ne leur plaisaient pas. Ils les trouvaient bien, mais le style en était trop relevé, l'idée philosophique y dominait trop... j'abordais trop souvent la question religieuse... les prêtres républicains étaient mécontents. Je ne fesais pas assez de polémique contre les autres journaux de la localité.. On insinua qu'il fallait faire de la petite politique, un peu de critique personnelle contre les représentants réactionnaires et de la diffamation adroite.

Bientôt je sentis qu'un orage se formait contre moi; mais je ne m'en inquiétais pas. J'écrivais dans le seul intérêt de la vérité; je m'étais donné pour mission de conscience d'instruire le peuple, de développer sa spontanéité inspirée, ses instincts heureux, son intelligence, afin qu'il puisse grandir jusqu'à la hauteur de cette souveraineté dont la révolution l'a investi, et qu'il l'exerce sans intermédiaire; j'ai la conviction qu'il fera bientôt ses propres destinées, qu'il sera son législateur, son guide religieux et son roi.

Cette haute pensée de réhabilitation humanitaire, qui résume d'ailleurs toute la démocratie dogmatique, soutenait mon courage et conduisait ma plume. Ceux qui cherchaient mon but et mes sentiments dans mes écrits, me disaient mauvais journaliste; ils affirmaient que mes idées n'étaient pas assez à la portée du peuple; ces gens là, qui n'ont jamais rien étudié en dehors d'eux, et qui se laissent entraîner par le fatalisme des événements, ne comprenaient pas que j'étais un système, parce qu'ils ne sont eux qu'une opinion, une rancune, un écho, un égoïsme.

En présence d'hommes que le hasard, la colère,

la vanité blessée ou l'esprit de contradiction avaient
jetés, pêle mêle, avec de nobles cœurs et des âmes gé-
néreuses dans le camp républicain, je ne pouvais
pas formuler une théorie dans son ensemble, mais
tous les sujets que je traitais étaient dominés par un
principe qui les reliait, les éclairait, en fesait pour
ainsi dire un corps de doctrine.

Dans cette situation qui devrait être celle de tout
journaliste de bonne foi, j'étais obligé à beaucoup
de prudence; je devais attendre, en donnant une direction nouvelle aux idées, que les esprits ordinaires
fussent amenés, par l'expérience, au point où la mé-
ditation m'avait conduit. Je bravais donc hardiment
les premiers dégoûts qu'on jeta sur ma route; j'é-
coutais les conseils de ceux qui prétendaient la diriger ou la maîtriser, et je n'en suivais aucun. Cependant je fortifiais, dans la pratique des hommes et
des faits, les données métaphysiques de ma raison ;
la seule chose dont je m'inquiétais était de savoir
dans quelle mesure elles étaient applicables.

Je me heurtai d'abord à cette grande infirmité dont
j'ai déjà parlé ; à chaque pas je bronchais sur un candidat plus ou moins affirmé. J'ai pu les étudier sous
toutes les faces, car jamais le sens moral n'a été
plus qu'aujourd'hui, chez la plupart des hommes,
obscurci par l'individualisme et par la sottise. C'est
le règne du candidat dans toutes ses impertinentes
variétés. En les classant méthodiquement, j'ai trouvé : le candidat émérite, portant fier son enseigne, le
candidat inévitable, le convoiteux et sournois qui
attend son moment, le candidat actuel et le futur, le
nécessaire et le contingent, l'industriel et l'agricole,

le candidat banque départementale, le candidat instruction gratuite et obligatoire, le candidat embryon,
le candidat phalanstère, le candidat Cabet, le candidat Ledru, le candidat Proudhon, etc, etc. Je n'en
finirais pas s'il me fallait les qualifier tous.

Chacun de ces astres, à l'horizon ou sous l'horizon, traîne à sa suite une foule de mystérieux
satellites sur lesquels il agit et rayonne : ce sont
des surnuméraires, des aspirants aux places, aux
emplois, qui attendent dans une frémissante con-
voitise que la République se coiffe de leur bon-
net de nuit, de même qu'elle s'affubla un jour de la
robe de chambre de M. Marrast.

Mais, comme le ciel de la politique n'a pas l'étendue de celui des sphères, où chaque corps se meut
à l'aise d'après des lois certaines et invariables, il y
avait parmi tous ces dignitaires *in partibus* des chocs
et des oscillations sans fin, des rencontres d'amour-
propre, des jalousies de position, des luttes entre la
crainte de se compromettre et l'ardeur de se produire, des perturbations continuelles, des espoirs
immodérés et de lâches épouvantements. De ce désordre, de cette espèce de pandémonium politique
naissaient mille basses rivalités, des diffamations et
des calomnies réciproques, des efforts inouïs pour
se supplanter et s'amoindrir mutuellement, des intrigues au début comique, qui prenaient souvent les
proportions d'une tragédie, pour retomber ensuite
dans la farce. C'est au journal qu'aboutissaient,
comme dans la *cloaca maxima* des égoûts de Rome,
toutes ces immondices morales. J'ai donc pu étudier l'action dissolvante de cet élément corrupteur

qui est le côté le plus funeste et le plus malheureux de nos mœurs publiques, car c'est celui qui conduit à la servitude.

Vous voulez enlever au peuple ses chefs naturels, s'écrieront, dans leur indignation, les importants du parti : que ferait-il sans eux? Le peuple n'a pas besoin de chefs, leur répondrai-je ; il lui faut seulement des serviteurs ; et c'est en cela que doit consister surtout, pour l'avenir, la morale démocratique, qui est aussi celle de l'évangile, puisqu'il promet le gouvernement aux humbles....

Que l'on fasse, d'ailleurs, une statistique, d'après la base que je viens d'indiquer ; l'on trouvera que l'immoralité, c'est-à-dire la fourberie, le mensonge, la cupidité, la malveillance, la délation calomnieuse, est, dans les arrondissements, en raison multiple des candidats exprimés ou sous-entendus qu'ils renferment. Je laisse à mes lecteurs le soin de vérifier cette observation, et de dire quel est celui qui en contient le plus ; pour moi, je dois féliciter l'arrondissement de Nérac de ce qu'il en compte le moins, encore sont-ils si peu ostensibles, si modestes, qu'ils n'agitent guère l'opinion, et que leur pression sur elle se fait à peine sentir. C'est là que l'on trouve aussi plus de dévouement désintéressé à la Répuplique, plus de Démocratie pure et saine, plus de raison et moins de passion. La population n'a pas été si gâtée par la plaie de l'intrigue et des coteries et les questions n'y portent jamais l'étiquette de personne. Partout ailleurs, l'idée ne saurait passer, si elle n'èst revêtue du visa de M. tel ou de M. tel autre.

Heureusement, pour nous et pour la République, ces cupidités perverses que je signale s'arrêtent à la surface : elles ne sont en fermentation que dans la région dite supérieure du parti ; elles n'entachent que ceux qui tournent dans l'orbite des meneurs et des habiles : le peuple laborieux et patient n'en est pas atteint, car l'instinct du vrai et du juste ne peut jamais être vicié chez lui ; il commence à s'apercevoir qu'il sert depuis trop longtemps de piédestal aux fripons et qu'il fait les frais des représentations dont ils ont les bénéfices. Le jour où il comprendra que le meilleur mode de gouvernement n'est pas celui qui lui promet le plus, mais bien celui qui doit lui prendre le moins possible, il aura fait un grand pas dans la science sociale, qui consiste à se passer de gouvernants.

Tous mes efforts ont tendu à propager cette pensée salutaire, à l'élever dans l'âme du peuple à la hauteur d'une conviction. La liberté politique consiste dans l'exercice du pouvoir, de même que la liberté morale, qui lui est antérieure, réside dans la croyance et dans le savoir. Que manque-t-il au peuple pour qu'il soit libre ? Savoir sa force et la diriger dans la voie de la justice générale. Mon devoir d'écrivain était de développer autant que possible l'intelligence et le sentiment chez le peuple, afin qu'il sentît sa dignité grandir, sous l'influence de la foi démocratique ; pour obtenir ce résultat il était nécessaire d'écarter de lui les brouillons qui le trompent et le passionnent. Voilà tout le secret de ma conduite ; voilà pourquoi quelques-uns de ceux qui m'avaient deviné me haïssaient et me redoutaient.

Toutefois, rien ne trahit, dans les premiers temps, les ressentiments dont j'étais l'objet : on attendait des deux côtés la réunion générale des actionnaires qui devait poser les bases définitives du journal et rendre stable la position , encore provisoire, du rédacteur.

Dans l'intervalle qui s'écoula entre mon arrivée à Agen et mon installation définitive, je reçus, de Villeneuve, une invitation verbale de la part d'un homme qui m'a fait depuis tout le mal qu'il a pu et qu'il était alors indispensable que je connusse; son nom, réputé le plus considérable du parti, se trouvait le premier sur la liste défunte : c'était M. C. L... qui me mandait auprès de lui.

Il était, dans ce moment-là, grandement question de ce personnage dans le département et l'on peut dire qu'il occupait à lui seul les deux trompettes et les cent voix de la renommée. On racontait en tous lieux son duel avorté avec M. N... à la suite d'une violente polémique de localité, et je venais de recevoir, moi-même, le procès-verbal d'arrangement entre seconds, qui donnait à cette affaire délicate un dénoûment peu flatteur pour l'amour-propre du champion républicain.

En me rendant à Villeneuve, je me trouvais livré à une impression profonde de tristesse : d'un côté je déplorais que la réaction triomphât sur un terrain qu'on ne lui avait même pas disputé; de l'autre, je sentais un véritable embarras à me présenter, avec mes idées, devant un candidat inévitable et forcé, car c'est ainsi que M. C. L. m'apparaissait.

J'arrivai donc un peu perplexe à l'hôtel Géraudie;

on m'introduit, je me nomme. Aussitôt un homme maigre et fluet, à la tête petite et penchée vers l'épaule droite, sortant d'un groupe de six personnes qui causaient, vient à moi, me saisit par la main, et me regardant diagonalement de bas en haut d'un œil dont les bésicles ne dissimulaient pas la myopie, il me dit une foule de choses aimables que j'ai oubliées.

Comme il continua de parler avec une grande volubilité, il me fut impossible de lui retourner ses politesses autrement que par des saluts multipliés. Enfin, s'apercevant qu'il me tenait debout, il m'offrit un siège auprès du feu et la conversation suivit son cours. J'ai tort, peut-être, d'appeler cela une conversation, puisque je n'y plaçai pas dix paroles ; il en fit absolument tous les frais. Pour moi, j'admirais cette facilité d'élocution, cette fécondité de phrases, de bons mots, de piquants aperçus dont il fesait l'abondant étalage. Je suivais, surpris, cette flexible légèreté de style qui court, voltige, saute d'un sujet à un autre sans se reposer, touche à toutes les questions, n'en épuise aucune, mêle le portrait à la narration, la carricature à l'histoire, à la politique, à la philosophie, assaisonnant le tout de médisance, d'anecdotes, de calembourgs, et cela dans l'espace d'une demi heure.

Je vis, d'abord qu'il cherchait à m'éblouir par ce luxe de spirituelle érudition et il réussit en partie ; je le trouvais d'une certaine force dans cet exercice. Il me rappela bien, il est vrai, par moments, une satire d'Horace que tout le monde connait, mais je chassai vite cette idée, afin de ne pas manquer à la bienveillance que je lui devais. Un Shakespeare se trouvait placé sur un guéridon près de moi : j'étendis la main d'habitude et je soulevai la couverture.

— Oh! fit-il, c'est le roi des poëtes tragiques, le plus grand génie de l'humanité. Corneille est à cent piques au-dessous de lui, et Racine n'est, en comparaison, qu'un fade gazouilleur de rimes.

— Savez-vous l'anglais, continua-t-il?

— Oui, Monsieur, je le parle même un peu.

— Moi, reprit-il, je le lis et ne le parle pas, mais j'admire l'Angleterre comme la première nation du monde. Quant à Shakespeare, c'est mon livre de prédilection, il ne me quitte jamais; je fais à son égard ce qu'Alexandre fesait pour les œuvres d'Homère: je vais d'ailleurs vous traduire un morceau de son Othello.

J'allais subir sa traduction, lorsqu'on nous avertit que le dîner était servi. A table, mon homme oublia de manger et ne cessa de parler.

— Vous ne sauriez concevoir, mon cher, à quel point je suis aimé dans ce pays; que dis-je, aimé? adoré, devrais-je dire! figurez-vous que toute la population me porte dans son cœur; malheur à celui qui toucherait un cheveu de ma tête! il serait écharpé. C'est un engoûment, une idolâtrie dont il n'existe pas d'exemple. Mon portrait est dans toutes les maisons; les femmes brodent mon chiffre sur leurs écharpes; quelques-unes, le n° 7 ou un cep de vigne, que leur naïve affection a pris pour symbole de mon nom.

A propos, lui dis-je, en saisissant le moment où

il suspendait son discours pour reprendre haleine, que dois-je faire du procès-verbal que vos témoins dans l'affaire N..... m'ont envoyé; je répugne à l'insérer sans votre consentement, parce qu'il ne me paraît tel que vous auriez pu le désirer.

Ne m'en parlez pas, j'en suis mourant depuis trois jours. Ce pauvre Gaspard m'a joué là un bien méchant tour. Je ne peux pas lui en vouloir toutefois; car il m'aime bien. Je puis vous faire certifier par cent personnes que je lui ai répété mille fois : Mon cher Gaspard, pas de concessions au moins; je veux me battre au pistolet, à dix pas, entendez-vous? Voilà ce que je lui redisais sans cesse; et le malheureux à signé ce maudit procès-verbal; qui.... il s'arrêta sans pouvoir compléter sa phrase.

Il serait facile de réparer le tort qu'on vous a fait, repris-je aussitôt; il suffit de protester contre l'arrangement pris contrairement à vos instructions. Rédigez une note dans ce sens et envoyez un second cartel; j'insérerai le tout dans le numéro de demain.

Sans doute, murmura-t-il, ce serait bien plus simple, mais je ne puis pas me résoudre à faire cette peine à ce bon Gaspard qui a manqué d'intelligence plutôt que de dévouement. Vous le verrez ce soir, car c'est l'heure ou ces Messieurs se rendent chez moi; ils n'y manqueront pas, surtout s'ils ont appris que vous êtes venu.

La conversation tomba pour la première fois et il ne fut plus question du cartel entre nous. Dix minutes après, le salon se remplit des visiteurs qui formaient la cour du candidat de Villeneuve. A leur

suite arrivèrent aussi quelques ouvriers qu'on fit
rester dans un corridor sur lequel ouvrait le salon.

Lorsque tous ceux qu'on attendait furent réunis :
M. C. L. s'avança vers le milieu de l'assemblée en
se frottant les mains ; il prit une attitude méditative :
un grand silence se fit ; je vis qu'il préparait un
discours, j'écoutai.

Quelles ne furent pas ma surprise et ma confusion
lorsque je l'ouïs faire un éloge pompeux de mon
mérite ; il parla de mes talents qu'il ignorait, de
mon dévouement dont il n'avait aucune preuve ; il
me prêta même des qualités que je ne m'étais jamais attribuées moi-même. Si les auditeurs avaient
eu plus l'habitude du monde, ils auraient vu, comme moi, qu'on se moquait de quelqu'un, ou de quelque chose dans cette harangue. L'orateur qui m'a-
vait passé sa rhubarbe, attendait mon séné.

Mais je ne pris pas son diapazon ; forcé de dire
quelque chose, je débitai simplement quelques paroles sur la mission qui m'était imposée comme rédacteur, sur la République à défendre, sur la liberté
à faire triompher pour le bonheur de la France et
du monde. Un grognement, à la mode anglaise, ac-
cueillit ma dernière phrase ; après quoi les ouvriers
se retirèrent et la conversation se fractionna parmi
les bourgeois qui restèrent jusqu'à onze heures.

Lorsque je fus dans mon lit, je me mis à vérifier
les événements du jour ; je récapitulai tout ce que
j'avais vu et entendu, soumettant l'homme et les
idées à une sérieuse analyse. Un point m'embarras-
sait dans ce travail de révision. Je ne pouvais pas

comprendre comment un étranger qui ne tenait au pays par aucun de ces liens moraux qui rendent la considération héréditaire dans certaines familles, avait pu conquérir à Villeneuve l'ascendant que M. L. y exerçait. Je n'osais pas tirer de ce fait une conclusion trop prompte qui aurait pu être aussi préjudiciable au héros de la localité qu'au jugement des habitants.

Je n'examinai la question que sous le point démocratique, et je fus humilié en pensant qu'on avait pu faire d'une cité riche et fière, une sorte de bourg-pourri, livré au culte exclusif d'un individu. J'en tirai cette conséquence déplorable, savoir : que C. L. devait exercer, par le moyen de Villeneuve, une véritable pression sur le reste du département. Je vis donc en lui un candidat perpétuel, et c'est ainsi qu'il se considérait d'ailleurs, en me parlant de sa vice-royauté de Villeneuve....

Le lendemain, nous fîmes ensemble le voyage de Villeneuve à Marmande, en suivant la rive délicieuse du Lot, qui coule dans un bassin charmant, dont les côteaux peu élevés et gracieusement ondulés, présentent dans leur prodigieuse fertilité des sites ravissants.

Nous visitâmes ainsi Ste-Livrade au patriotisme ardent et généreux, Clairac à l'air réservé et pudique, enfin Marmande qui s'étale sur la rive droite de la Garonne dans une plaine immense et féconde. Nous étions quatre formant la suite de M. L. qui nous promenait triomphalement dans ces lieux où il était connu de tout le monde.

A Marmande, il fit ses visites et me laissa à l'hô-

tel où nous eûmes le soir une réunion des notabilités
politiques de l'endroit. Je ne pus faire que d'imparfaites observations, car le parlage incessant et tyrannique de L... empêcha les autres caractères de se
traduire ; il réduisit tout le monde au rôle passif
d'auditeur. De sorte qu'en le quittant, le lendemain,
j'étais persuadé que, chez lui, la vanité et l'ambition se livrent un perpétuel combat ; que la première de ces passions est à la seconde, comme le
cube d'un nombre est à son carré ; car elle s'élève toujours à la troisième puissance.

Quant à sa valeur politique, je ne pus l'apprécier
au juste parce qu'il ne me parut avoir aucun principe bien assis. Son intelligence est au service des
événements et se laisse aller à l'influence des milieux
qu'il fréquente ; ce qui le range dans la classe dangereuse des sceptiques parlementaires. Je ne l'ai vu
déterminé que dans sa haine contre les célébrités
qui le gênent et qu'il fait effort à amoindrir dans le
but de se hausser dans l'estime de ceux qui l'écoutent. Il a, sans doute, du talent et une mémoire
assez bonne, mais il semble n'avoir étudié l'histoire
que dans les pamphlets, la morale que dans les
ruelles et la religion que dans le Dictionnaire, réputé
philosophique, de Voltaire. Il est, en outre, incrédule et superstitieux, reniant le Christ et se faisant
tirer les cartes, disert sans éloquence, prodigue sans
générosité ; n'étant préoccupé que de ce qu'il a été
et de ce qu'il a la prétention de devenir un jour. En
somme, c'est un de ces démocrates à talon rouge,
dont 40,000 francs par an satisferaient à peine les
appétits aristocratiques.

Depuis que je portai ce jugement sévère et cons-
ciencieux, dont il me fournit les éléments à profu-
sion, durant ma visite à Villeneuve et dans l'excur-
sion qui suivit, je l'ai à peine revu, bien que la destinée nous ait jetés dans la même prison. Je dois dire, toutefois, afin qu'on ne m'accuse pas d'injuste
malveillance, que j'ai été longtemps la victime de
ses calomnies, avant que je me sois montré hostile
à sa personne ou à ses projets de domination dans
le département.

§ II.

Après avoir esquissé la physionomie du personnage le plus en saillie dans le Lot-et-Garonne, je dois
être dispensé de parler des autres individualités
moins remarquables. J'ai voulu faire comprendre
que dans les conditions de dépendance où se trouvait
le parti républicain, à l'époque dont je parle, le
journal ne pouvait être guère que l'organe d'une coterie. Ce qui se passa au sein de l'Assemblée générale le démontra clairement. Dans le vote des statuts
la majorité des actionnaires demanda qu'on adoptât
un programme plus large et plus affirmé; que la
doctrine fécondât la stérile polémique dans laquelle
on s'était traîné avant ma venue; enfin, que l'idée
socialiste y apparût. Une discussion très animée
s'engagea entre les politiques et les libres penseurs,
entre les jeunes et les vieux, entre ceux qui ont foi et
ceux qui ont peur; ces derniers furent battus. Mais si
les uns avaient l'ardeur et le courage, les autres pos-
sédaient la ruse et la patience. Le secrétaire ne pou-

vant pas éviter d'insérer le mot *socialisme* dans le procès-verbal, en fit l'adjectif du substantif doctrine et le relégua au fond d'une phrase vague et indéterminée.

La coterie fut d'autant plus exaspérée d'avoir été contrainte à cette concession, qu'un moment avant, l'Assemblée avait proclamé d'enthousiasme l'indépendance du rédacteur. Dans le discours d'ouverture, le président, qui était un ex-constituant et un futur législateur, avait eu la simplicité de laisser échapper ces étranges paroles : *Quant au rédacteur, Messieurs, c'est un instrument que nous prenons à notre service et que nous gardons ou renvoyons selon qu'il nous convient....*

Il serait difficile de rendre tout ce que j'éprouvai d'indignation en entendant exprimer une pensée si injurieuse à ma dignité. Je me levai aussitôt, et protestant au nom de la pudeur outragée, contre cette offense gratuite adressée à l'homme moral et à l'écrivain, je déclarai que je ne serais jamais l'instrument de personne, mais que j'étais le serviteur du peuple, l'organe indépendant de la démocratie, le défenseur de la liberté, le pieux missionnaire de l'idée..... L'Assemblée toute entière applaudit; le président fournit en balbutiant quelques explications, et l'incident n'eût pas d'autres suites apparentes.

Il était évident, toutefois, que de tels symptômes annonçaient une scission dans le parti, et que deux intérêts, l'un général, l'autre particulier, étaient en lutte dans son sein. Il ne me fut plus permis d'en douter, lorsque je reçus, quelques jours après, la protestation suivante; je l'insère ici, avec la lettre qui l'accompagnait, afin qu'on voie quels sont ceux qui ont scindé le parti. Ces deux pièces donneront la clef des événements qui suivirent.

A Monsieur le Rédacteur-Gérant du Journal le *Républicain de Lot-et-Garonne.*

Monsieur le Rédacteur-Gérant,

J'ai l'honneur de vous adresser la protestation d'un certain nombre de souscripteurs de promesses d'actions dans l'entreprise de votre Journal, contre l'esprit du programme politique et socialiste tracé dans les numéros du *Républicain* du 29 et du 30 janvier.

Il eût été convenable, il me semble, d'attendre la formation du comité chargé de diriger le journal dans la ligne tracée par les statuts, avant d'engager ce journal dans une voie nouvelle et qui pourrait bien n'être pas avouée par ses fondateurs.

Quoiqu'il en soit, et comme vos articles du 29 et du 30 présentent naturellement à l'esprit un commentaire de ce qui s'est passé et des résolutions qui ont été prises dans l'Assemblée du 27 ; qu'ils se rattachent évidemment au compte rendu de cette séance, dans lequel vous louez cette Assemblée d'avoir relevé haut et ferme le drapeau social ; qu'enfin je suis nommé dans cet article puisque vous dites que tout cela s'est passé sous ma présidence ; ce qui semble m'imposer le patronage d'idées et de théories qui ne sont pas les miennes ; je vous prie, et au besoin je me vois obligé de vous requérir, de donner place à ma réclamation, dans le plus prochain numéro de votre journal, afin qu'il soit bien entendu que je n'adhère nullement, pour mon compte, aux doctrines qu'il vous a plu de développer dans les numéros du 29 et du 30 du *Républicain*, et qu'en ce qui concerne la ligne politique à suivre par le Journal, j'en appelle à la prochaine Assemblée du Conseil de rédaction.

Veuillez, Monsieur le Rédacteur-Gérant, agréer l'expression de mes sentiments bien distingués.

P. VERGNES, avocat.

———

Marmande, le 1er février 1850.

Monsieur le Rédacteur-Gérant,

Le projet des statuts, ou programme du journal le *Républicain de Lot-et-Garonne*, sur lequel ont été données nos souscriptions comme actionnaires de la société nouvelle, indiquait en ces termes le but du journal :

Il est destiné :

1° A soutenir l'application complète et constante du principe de la souveraineté du peuple dont la base fondamentale est le suffrage universel direct ;

2° A poursuivre toutes les réformes qui ont pour objet l'amélioration *morale, matérielle* et *intellectuelle* de tous les citoyens; l'égalité réelle dans les charges publiques, et à propager les doctrines d'union et de fraternité naturelle à toute société républicaine.

3° A enseigner aux citoyens leurs devoirs et leurs droits.

4°

5° A être enfin l'organe des intérêts, des principes et des vœux du parti démocratique dans le département de Lot-et-Garonne.

Ce programme était net et clair. Le journal devait être l'organe non d'une secte ou d'une école exclusive, mais celui de tout le parti démocratique, c'est-à-dire de tous les hommes qui veulent, dans son entière sincérité, le gouvernement par tous les citoyens et dans l'intérêt de tous.

Il devait poursuivre la véritable utilité pratique de la révolution de février ; l'amélioration morale, matérielle et intellectuelle de tous les citoyens, et l'égalité devant les charges publiques; mais par la voie des réformes, c'est-à-dire par ce progrès successif qui résulte de la suppression des injustices et des abus lorsqu'ils sont démontrés, et que leur condamnation est entrée dans l'opinion publique.

C'est là, bien évidemment, du socialisme, mais du socialisme défini que tout démocrate, que toute âme généreuse peut et doit avouer.

Dans la réunion des nouveaux actionnaires du Journal, du dimanche 27 janvier, où n'assistaient que trois actionnaires de notre arrondissement, mais investis de toute notre confiance, quelques assistants proposèrent d'ajouter dans le dernier paragraphe le mot *socialiste*, de manière à faire dire au programme que le Journal devait être l'organe des intérêts, des principes et des vœux du parti démocratique-socialiste. Nos représentants firent observer que le mot socialiste, par lui-même, n'était pas défini et représentait les idées les plus disparates, les plus contradictoires, puisqu'il est des écoles socialistes qui, sous prétexte d'amélioration matérielle dans le sort des classes pauvres, conseillent l'abnégation de toute liberté humaine et individuelle, préconisent une sorte de gouvernement théocratique et ne sont pas même démocrates.

Des explications qui furent fournies à ce sujet dans un but de conciliation, il résulta que c'était bien l'ensemble du parti démocratique que l'on entendait faire représenter par le journal dans ses maximes admises généralement par tous, sans s'attacher à aucune école, et que si l'on ajoutait le mot *socialiste* au mot *démocratique*, c'était pour témoigner plus nettement qu'on n'entendait pas borner les effets et les conséquences de la Révolution à la seule conquête de la forme républicaine ou démocratique dans le gouvernement, mais pour suivre et atteindre les améliorations sociales qui en sont le but véritable et essentiel.

Par suite, on essaya de rendre cette pensée par des modifications apportées au paragraphe 2 et au paragraphe 5 du programme, modifications dont nous n'avons pas le texte et qui furent adoptées par l'Assemblée.

Cependant, Monsieur le Rédacteur, après avoir annoncé dans les numéros du Journal des 27 et 28 janvier que l'Assemblée avait levé haut et ferme la bannière sociale, vous avez paru dans les deux numéros suivants, et notamment dans celui du mercredi 30 janvier, vouloir fixer le sens de cette modification dans le programme, et expliquer ce que la société du *Républicain* entendait par cette bannière sociale ou socialiste relevée haut et ferme.

D'abord, dans le paragraphe 4 de votre article, vous posez la *question sociale des Travailleurs et du prolétariat en face*, c'est-à-dire en hostilité *de l'élément révolutionnaire orgueilleux et tout personnel.*

Puis vous ajoutez : *Cet élément (le prolétariat sans doute), redouté d'abord, poursuivi bientôt, proscrit ensuite, fut poussé à l'insurrection et exterminé même par le parti révolutionnaire qu'il gênait trop et débordait.*

Le socialisme que vous entendiez préconiser serait-il donc celui qui a pu être dans certains esprits le but et le mobile de l'insurrection de juin 1848 ? et entendiez-vous jeter l'outrage à la face de tous les démocrates qui ont résisté à cette audacieuse et folle tentative ?

Cet antagonisme entre l'ouvrier organisateur, armé de la doctrine, et le soldat révolutionnaire qui démolit et tue sans réparer ni construire se trouve reproduit dans plusieurs passages de votre article, et encore dans cette phrase où vous prétendez que cette grande idée de socialisme n'est point comprise de ceux qui ne sont que républicains.

Ce ton de superbe dédain et même de haine injurieuse convient-il bien au socialisme vis-à-vis de la démocratie, ne présente-t-il pas ici le triste spectacle de l'enfant ingrat qui essaie ses forces naissantes en frappant et en outrageant sa mère.

Est-ce bien là propager les doctrines d'union et de fraternité naturelles à toute société républicaine, suivant les promesses du programme ?

Enfin, Monsieur le Rédacteur, vous concluez en disant :

« La question n'est pas là, elle est dans l'émancipation du proléta-

» riat, dans l'égalité du capital vivant et du capital mort, qui est l'ar-
» gent et *la propriété injustement répartie.* »

Vous ne voulez donc pas, Monsieur le Rédacteur, laisser au citoyen
la liberté de disposer du fruit de ses travaux, de son épargne, de sa
propriété enfin? vous voudriez, au nom de l'état, juger la justice ou l'injustice de sa répartition, refaire cette répartition d'autorité souveraine?

Le socialisme que vous préconisez ne serait pas celui qui en laissant
à l'homme toute sa liberté, ses intérêts, ses affections de famille, ses
prévisions, le fruit de son travail s'attacherait seulement à faciliter le
bien-être, l'épargne, l'accession à la propriété pour tous les citoyens ;
ce serait la loi impérieuse, absolue, qui détruirait une répartition de la
propriété déclarée injuste, et referait à son gré cette répartition entre les
citoyens.

Si tel est en effet le socialisme dont vous entendez relever le drapeau, nous déclarons que ce drapeau n'est pas le nôtre ; et comme nous
ne pouvons consentir à demeurer dupes d'une surprise, ou complices
de tendances que nous regardons comme éminemment attentatoires à
la liberté et à la dignité de l'homme, nous déclarons que nous refusons
formellement toute co-opération à l'entreprise d'un journal qui se pose
un pareil programme et que vous devez considérer comme non avenues
les souscriptions que nous avons données dans un tout autre but.

Salut et Fraternité,

P. VERGNES, TRÉJAUT, V. DELAGE, LAFFITEAU,
Jh. PEYREY, Jn. MOUCHEZ, Eug. DURANTHON,
F. GAYNEAU, VERDO, RENOL-FAGET, BEYRIES,
F. MIMAUD, PÉLOUSIN, BACARISSE.

Je conservai les documents qu'on vient de lire
dont copie fut envoyée par l'auteur aux personnages
les plus considérables du parti, et je ne voulus pas
en affliger la démocratie; je les réservai comme jus-
tification, si jamais des attaques plus directes, plus
personnelles, m'arrivaient de la part de ceux qui dé-
nonçaient un *casus belli* entre leur politique et la
mienne.

La nouvelle direction imprimée au journal, susci-
tait, à Agen et à Villeneuve, autant d'opposition
qu'à Marmande de la part des meneurs. Ils voyaient

avec peine l'opinion s'affranchir et l'idée dépasser la taille des personnes. Cependant tous les mécontents ne se démontraient pas comme avait fait M. Vergnès; ils attendaient une occasion favorable. Mais, bien que je n'ignorasse ni leurs pensées, ni leurs projets ultérieurs, j'allai droit devant moi, sans me préoccuper des désertions. La démocratie me suivait dans la voie hardie que je parcourais et les abonnés accouraient.

Tel était l'état des choses, lorsque le journal de la préfecture jeta un cri d'alarme, au sujet d'un article du *Républicain* dirigé contre les audacieuses tentatives des réactionnaires dans le pays. Le *Lot-et-Garonne* furieux qu'on eut stigmatisé les ennemis de la République, en attachant à chacun d'eux son étiquette, mit en cause, en les appelant par leur nom, quelques membres de notre comité de surveillance et leur demanda s'ils acceptaient la responsabilité morale de la polémique et des doctrines du *Républicain*.

La question fut portée, par moi, devant le comité de rédaction auquel chaque arrondissement fournissait quatre membres élus, et voici la note que je fus autorisé à insérer le lendemain.

Agen, le 20 mai 1850.

A NOS AMIS ET A NOS ENNEMIS,

« La réunion mensuelle de notre comité de rédaction a eu lieu hier. Après une longue et sérieuse délibération sur la position difficile qui est faite à la démocratie par le pouvoir et par le ministère qui le sert, en présence de la conspiration flagrante du parti réactionnaire, le comité a déclaré, *qu'il approuve explicitement, en la couvrant de sa responsabilité morale, la conduite politique suivie jusqu'ici, par le Républicain.* Un bill de confiance est donné à tout ce qui appartient à sa rédaction particulière.

« Nous publions ce témoignage flatteur de justice et de sympathie dans l'espoir qu'il servira à rendre plus puissants et plus intimes les liens de solidarité républicaine qui unissent les démocrates de Lot-et-Garonne. »

Comment se fait-il que le même journal que l'on appuyait si chaudement le 20 mai, fut abandonné lorsqu'il succomba dans sa lutte énergique contre la loi du 31 mai? c'est qu'on eut peur du courage qu'on avait montré ; aussi laissa-t-on le pauvre *Républicain* tomber tristement devant un arrêt qui condamnait le gérant à un emprisonnement de trois mois et à une amende de trois mille francs. Le soldat intrépide mourut avec neuf cents abonnés, sans qu'on voulut même se pourvoir en cassation contre un arrêt qui renfermait plusieurs vices de forme. Le gérant disparut et le rédacteur dut songer à la retraite, pendant qu'on ne s'occupait à Agen que de la liquidation de la société.

§ III.

On convoqua les actionnaires pour assister aux funérailles de l'athlète blessé et procéder à son enterrement avant qu'il fut entièrement mort. Je fis d'abord quelques tentatives auprès des fondateurs ; je proposai des mesures, un plan nouveau d'organisation ; mais chacun fit la sourde oreille et je compris qu'on ne voulait plus ni de moi, ni du journal. Je me dirigeai donc vers l'Hôtel-de-Ville pour y prendre un passeport et je me disposai à partir.

Comme je traversais la place du Palais, quelques démocrates réunis m'appelèrent et me firent leurs doléances sur la situation du parti qui allait, disaient-ils, retomber dans son apathie première, et se traîner à la remorque des faiseurs..... Pourquoi donc, s'écria l'un deux, n'aurions-nous pas un autre organe? c'est une affaire d'argent, nous en trouverons; il suffit de faire un appel à la véritable démocratie, et chacun de nous apportera son obole; seulement, au lieu de cent-cinquante actionnaires à 50 fr., nous en aurons vingt mille à 1 fr.

L'idée me sourit et me ranima; je la rédigeai en projet; je la soumis aux plus dévoués parmi les anciens fondateurs et je la portai dans tout le département, où chacun l'adopta d'enthousiasme. Cette résurrection politique d'un journal, en dehors des meneurs et des chefs habituels effraya la cabale, que l'idée des actions à vingt sous horripilait et qui me suscita mille obstacles. A chaque pas je rencontrais une opposition à combattre, une injure à subir, une calomnie à détruire, un ennemi à vaincre. Néanmoins la force virtuelle de l'idée vraie soutenait l'entreprise et la fécondait; le premier élan du pays fut admirable, et malgré les méchants, les peureux et les ignorants réunis, nous parvînmes à notre but. Un généreux patriote me prêta le cautionnement et le premier numéro parut, marquant la phase nouvelle dans laquelle entrait l'opinion républicaine dans le Lot-et-Garonne. Je l'insère ici pour ceux qui ne le connaissent pas, ou qui l'auraient oublié; il dira, mieux que je ne pourrais le faire, la situation où je me trouvais et qu'elles étaient alors mes pensées. Il dira sur quelle base je fondais nos espérances, et quelle influence nouvelle je voulais faire surgir à la place de celle qui avait dominé jusques là.

En écrivant les premières lignes du *Radical* qui se lève, paisible et résolu, au milieu des circonstances difficiles, en face d'une opposition haineuse, nous avons consulté notre conscience d'homme et de républicain, nous avons sondé notre cœur; nous trouvons l'une dégagée de toute pensée impure, l'autre, libre de toute colère mauvaise. Néanmoins, une vague tristesse pèse sur la plume du vieux soldat de la liberté, car il doit prononcer un douloureux arrêt de condamnation, dont l'indulgence tempère la sévérité, sans en diminuer l'amertume.

Nous le dirons à la démocratie qui doit aujourd'hui tout connaître, tout apprécier; nous lui devons la vérité en toutes choses, quelque triste qu'elle se révèle quelquefois. Notre affliction vient de ce que quelques-uns d'entre-nous abandonnent la République, font défaut à la solidarité morale qu'elle nous impose, pour ne s'occuper que de leurs intérêts d'ambition ou d'amour-propre; il en est même qui font, pour ainsi dire, leur liquidation politique, en présence d'une banqueroute projetée. Notre tristesse est justifiée par les malveillances systématiques, par les calomnies déplorables dont le rayonnement, calculé méchamment, tend à nous étouffer, nous qui sommes les serviteurs dévoués du peuple, les défenseurs patients et courageux de ses intérêts.

Les paroles dédaigneuses de Proudhon seraient-elles donc une fatale prophétie contre notre génération, condamnée par ce lugubre Jérémie de la République? Serait-il vrai que la France est trop lâche, trop égoïste, trop vêtue de matérialisme pour qu'il lui reste encore la volonté de comprendre, la force de conquérir la liberté, l'égalité, la fraternité?

A Dieu ne plaise que nous admettions, pour notre compte, cette désolante conclusion d'un esprit morose. Nous ne voulons pas, comme lui, nous retirer de la lutte avec l'ironie pour refuge, le mépris de l'humanité pour toute consolation. Nous avons une foi trop ardente, trop longtemps médité dans la solitude, pour que nous reculions devant les obstacles que le progrès rencontre, dans les périls qui accompagnent l'apostolat.

Nous sommes trop du peuple pour que nous ne disions pas ici nos douleurs, nos espérances, et quelles sont les entraves dont on s'efforce de gêner notre voie qui est droite et juste. Des hommes, qui ne voudraient de la République que dans la mesure de leur mesquine personnalité, nous accusent de vouloir scinder le parti, parce que nous avons appelé à notre aide, dans l'œuvre nouvelle du *Radical*, ceux que M. Thiers désigne sous le nom de *vile multitude*. Certes, il faut être bien pauvre de cœur, bien misérable d'intelligence pour nous jeter une accusation qui nous honore; elle est d'autant plus maladroite que nous avons vu naguère la foi républicaine désertée par une foule de ceux qu'on regardait comme les colonnes du parti, tandis que nous lui étions, nous, fidèles dans un organe auquel le courage et l'audace périlleuse n'ont pas certainement manqué.

Oh! sachons-le bien tous, si le grand parti républicain avait été uni de volonté et de pensée, Ledru-Rollin ne serait pas à Londres, Raspail et Barbès ne vivraient pas dans l'atmosphère empoisonnée d'une prison. Si la bonne foi et l'accord avaient existé au sein de la démocratie, elle n'aurait pas été saignée à blanc dans plusieurs circonstances, comme elle l'a été. Si tous les républicains avaient été puissants de cœur et d'esprit, le droit de réunion aurait été maintenu, l'enseignement public ne serait pas escamoté par les jésuites, le suffrage universel ne serait pas *régularisé*, le principe de la liberté de la presse n'aurait pas succombé.

Non, ce n'est pas à nous, qui voulons épurer la pensée républicaine, qui élevons son dogme jusqu'à la hauteur d'une religion, qu'on doit adresser un pareil reproche. Ce qui divise les républicains comme parti, ce qui les isole comme individus de la communion politique, c'est le manque de foi, c'est la cupidité vaniteuse et affairée de ceux que Proudhon appelle les jésuites au masque rouge.

Cette division date de loin, comme chacun le sait ou l'a ouï dire sans doute; elle a toujours existé dans les sentiments et dans les systèmes. Elle a commencé par les chefs d'école pour s'infiltrer ensuite dans les rangs inférieurs.

Cette scission qui a semé partout la défiance et la haine, est devenue plus tranchée depuis le vote de cette loi fatale qui laissera un humiliant souvenir dans l'histoire des variations politiques de notre pays. Elle fut déterminée, profonde, absolue dès le moment où la majorité mit hardiment en question le principe de la souveraineté populaire et le frappa au cœur.

Dans ce moment suprême, la liberté à l'agonie tourna son regard désespéré vers ceux qui avaient fastueusement promis de mourir pour elle; mais ces héros de théâtre, au lieu du glaive de Caton, employèrent le poignard à lame rentrante du comédien, et ils tombèrent dans la coulisse au bruit des sifflets du peuple qui avait été leur dupe.

Pourquoi le dissimuler, la France républicaine qui a certainement assez de courage pour compenser ses hontes, éprouva en ce jour une grande humiliation. L'instinct révolutionnaire fut comprimé par la couardise de la plupart des chefs qui laissèrent pour ainsi dire décapiter la liberté. La démocratie tout entière tressaillit douloureusement dans ses vertèbres, mais elle dut se résigner en jetant anathême sur ceux qui l'avaient trahie.

Il y eut alors une nouvelle scission dans le parti républicain déjà divisé; elle fut d'autant plus sensible qu'entre ceux qui proclamaient le droit d'insurrection, ouvert par ce qu'ils appelaient une flagrante violation de la Constitution, et ceux qui conseillaient d'attendre et de laisser faire, se glissa dans l'ombre un ancien parti qui avait déjà fait un déplorable essai de pouvoir dont la France gardera longtemps le sanglant souvenir. Le parti de transition gouvernementale qui tenta de discipliner la République en l'égorgeant, et qui la livra mutilée à la réaction triomphante.

Telle est aujourd'hui la situation de la Démocratie. L'idée pure de progrès social, d'équité, de fraternité, méconnue de ceux qui ne peuvent plus l'exploiter à leur profit, abandonne les couches supérieures, où elle ne saurait germer; elle s'est réfugiée dans le cœur du peuple qu'elle soutient et ravive, du peuple qui l'a recueillie comme le legs pieux du passé.

C'est là que nous irons la chercher nous-mêmes pour la féconder de nouveau lorsque les temps seront venus. C'est notre devoir et notre mission, c'est la pensée qui a toujours dominé notre conduite et nos écrits, c'est aussi la cause des hostilités que nous rencontrons. Plusieurs de ceux qui nous calomnient sont égarés, sans doute, mais il en est d'autres, peut-être, qui négocient, en nous persécutant, les conditions de leur rentrée en grâce auprès d'un des princes *in partibus* qui se disputent la France.

Nous disons ceci parce que nous croyons que c'est une vérité; car malgré le proverbe, dans la République, toute vérité est bonne et salutaire, quelque dure qu'elle paraisse. La démocratie est fatalement courbée devant la réaction; elle est momentanément esclave, mais esclave toujours frémissante : il faut qu'elle se relève un jour pour qu'elle puisse bénir de nouveau la terre de France et le monde.

C'est par le peuple qu'elle doit reconquérir sa dignité amoindrie. Tout ce qui est grand, juste et vrai émane de lui; il est la source de toute création sociale par son travail et son activité. Ce qui n'est pas du peuple travailleur exploite le peuple. Or, en relevant la démocratie découragée, nous devons chercher à affranchir le peuple de cette *féodalité pestiférée* qui exploite, *tour-à-tour*, son travail et sa crédulité; qui vit de ses sueurs et de son ignorance, s'en fesant un marchepied pour son oisiveté et pour son ambition.

Ainsi, nous voulons apprendre au peuple la liberté, développer son intelligence, lui montrer toutes les applications sociales et religieuses du symbole républicain, lui en démontrer l'utilité morale afin qu'il connaisse la République, qu'il l'honore et la pratique. Telle sera la fonction du journal que nous créons aujourd'hui pour les démocrates du département; nous avons la ferme confiance qu'ils nous seconderont de leurs vœux et leurs ferventes sympathies.

Plus d'une année s'est écoulée depuis que j'ai écrit ce qui précède, et je n'aurais pas à y retrancher une ligne aujourd'hui; toutefois, cet article suscita une véritable tempête de colère, de bile et de haine. Jamais homme ne s'est trouvé en butte à plus de frénétiques récriminations. Je fus diffamé, calomnié, vilipendé dans ma conscience, dans ma pensée, dans mes habitudes et dans mes mœurs. On m'accusa de tous les vices, on m'imputa toutes les trahisons. J'étais vendu à la réaction, j'étais un agent des jésuites, j'avais livré la République à ses ennemis. On écrivit sérieusement toutes ces turpitudes, et de lâches émissaires allèrent les colporter en tous lieux.

Un cercle de la ville, se transformant en un vrai club de Jacobins, à l'instigation d'un Marat de contrebande, cynique d'âme et de chair comme l'ancien, moins le délire de la République, me cita à sa barre; et, sur mon refus d'obtempérer, nomma un jury pour condamner le traître, l'infâme, l'assassin!!

On croira, sans doute, que j'exagère en parlant ainsi, que mon imagination irritée invente ces hideuses choses; point du tout: ces faits sont vrais, toutes ces horreurs, qui déshonorent une cause, sont connues du public; les cafés, les places, les carre

fours de la ville en ont retenti pendant trois mois.
J'ai appris, dans cet intervalle, par une cruelle expérience, jusqu'où peut aller l'insanité furibonde
de certaines natures, lorsque la passion éteint en
elles le sens moral. L'étude était dégoûtante à faire,
je l'avoue, et cependant elle ne manquait pas d'intérêt scientifique. J'entrevis, pour la première fois,
ce que recèlent d'improbité, de violence, de ténébreu-
ses trames les bas fonds du cœur humain.

A mesure que je me livrais à l'analyse des fibres
perverses, je sentais s'affaiblir et presque mourir
la foi naïve et pure qui m'avait soutenu dans la lutte;
c'était comme si la corde mystique de l'espérance se
fut brisée en moi. Néanmoins, mon abattement ne
fut que passager. Au lieu de jeter la malédiction sur
mon siècle et sur mes semblables, je les pris en pitié. Une sorte de consolation ressortit, même, des
faits que j'étudiais. Il me parut beau d'avoir contraint toutes ces laideurs à se produire au grand
jour, à s'étaler aux yeux du peuple, tandis qu'elles
s'acharnaient à la ruine d'un seul homme.

Je me surpris donc à regarder, calme et contem-
pteur, ce bouillonnement d'écume et de boue qu'un
vigoureux coup de sonde avait fait surgir; j'éprouvai
une sorte d'orgueil à braver la tempête des élé-
mens avortés, que j'avais été assez puissant de vérité pour soulever contre moi. Puis, je finis par bénir Dieu de ce qu'il m'avait choisi pour opérer le
bien qui devait résulter un jour, pour la véritable
démocratie, de cette rude épreuve...

Hélas! pendant que je cherchais une consolation
aux douleurs que la malveillance et l'aveuglement

réunis me suscitaient, une expiation d'un autre genre se préparait, pour moi; une nouvelle série de souffrances et de misères était ouverte, par la main du hasard.

CHAPITRE III.

Mandat d'amener expédié de Lyon. -- Visite Domiciliaire. -- Je me constitue prisonnier. -- Voyage de brigade en brigade. -- Séjour dans les prisons de Lyon. -- Retour à Agen.

§ 1er

Louis Blanc a dit, je crois, dans son Histoire de la Révolution, que l'homme n'a de pouvoir que sur les causes secondes. Cette opinion laisse au libre arbitre une latitude que la proposition absolue de Fénélon : *l'homme s'agite et Dieu le mène*, lui enlève. Pour moi, je crois à une certaine prédestination; mais je la place, non dans une loi fatale, mais dans l'enchaînement des faits et dans les rapports moraux qui en multiplient les conséquences à l'infini, en les modifiant de mille manières.

Nous sommes, à ce point de vue, dépendants et solidaires les uns des autres, et chacun de nous peut agir plus ou moins sur la destinée de ses semblables, sans le vouloir, ou même sans le savoir. Cette vérité m'est apparue en réfléchissant aux causes qui ont amené ma détention et celle de ceux qui l'ont partagée. J'ai suivi, neuf mois durant, avec assez de soin, leur filiation bizarre pour en être convaincu.

Pendant que le malheureux journal que j'avais fondé se débattait au milieu de l'orage soulevé contre lui, et que je parcourais à pied, le département, demandant l'aumône à la démocratie pour soutenir son existence menacée, un homme qui devait nous ruiner tous deux, partait de Voiron, dans l'Isère : c'était un voyageur de commerce pour les vins qui s'appelait Berthomieux, et il commençait sa tournée habituelle vers les contrées du Sud-Ouest.

Comme il est patriote plein de zèle et de dévouement, il s'était lié d'amitié avec le citoyen Gent, ex-constituant, qui exerce par son ardent républicanisme, une grande influence sur tout le bassin du Rhône. Pour entretenir ses relations, Berthomieux envoyait à Lyon des statistiques et des appréciations politiques qu'il recueillait sur son passage dans les diverses localités où il séjournait.

De Nîmes, le voyageur passant par Rhodez, arriva à Villefranche d'Aveyron, et de là à Agen, au moment où l'opposition au nouveau journal paraissait le plus formidable. Il écouta les opinions contradictoires qui couraient sur mon compte, en tint note et partit pour Nérac. C'est de sa bouche que j'ai recueilli ces détails. Dans cette dernière ville, il fit la rencontre de M. D.. qui s'empara, presque à première vue, de sa confiance au point qu'il lui révéla le double but de sa mission. M. D.. fit d'abord à sa nouvelle connaissance une commande de liqueurs de Grenoble, puis il consentit à devenir le correspondant direct de Gent pour le Lot-et-Garonne, affirmant qu'il jouissait de la confiance du parti et qu'il était en position d'être fort utile à la cause. Mais en matière aussi scabreuse que la politique, la prudence est nécessaire, aussi M. D... recommanda-t-il qu'on lui adressât ses instructions sous le nom d'Etienne.

Je ne révélerais pas ces particularités si elles n'étaient contenues dans une lettre de quatre pages que le juge d'instruction de Lyon m'a fait lire. En ce qui me concerne spécialement, elle contenait le jugement porté sur moi par M. D... *Quant à Gauzence, dit-il, ce n'est pas un bon D. S., c'est un homme dangereux pour la cause; il faut s'en défier.*

La lettre, terminée par cette observation, aussi injuste que malveillante, fut jetée dans la boîte, sans signature, portant pour suscription le nom de Marc, pseudonyme de Gent.

Malheureusement ce dernier avait été arrêté sous l'inculpation de complot, trois jours auparavant, et toutes les lettres portant le nom de Marc, qui n'était plus un mystère, étaient saisies à la poste par ordre du parquet. Celle de Berthomieux tomba ainsi dans les mains de la police.

Aussitôt un ordre est expédié de Lyon par le télégraphe, et le citoyen Caussanel, avec qui le voyageur s'était entretenu à Villefranche, pendant deux secondes, au café, est arrêté et dirigé sur Lyon : M. D... fut aussi mis en état d'arrestation, mais on le relâcha quelques jours après.

La lettre qui servait de prétexte à ces mesures ne portant pas, à mon égard, des indications assez précises, on demanda de plus amples renseignements au préfet et au procureur de la République; tous

deux, aidés du commissaire de police, répondirent
que *j'étais l'homme le plus dangereux du département.*
(Ce sont les expressions du juge d'instruction de
Lyon.)

J'étais absent d'Agen lorsque le mandat lancé contre M. D... fut mis en exécution; on me l'annonça
à Barbaste, où j'étais allé recueillir quelques souscriptions pour le *Radical.* J'en partis à l'instant même par une pluie d'orage et j'arrivai à minuit chez
Mme D... qui retournait à peine d'Agen. Je lui offris
mes services et je m'informai auprès d'elle des causes probables de l'arrestation de son mari.

— Je les ignore absolument, répondit-elle; il a été
arrêté sur une dépêche télégraphique partie de
Lyon.

— Pensez-vous, Madame, lui dis-je, que l'arrestation de votre mari se rattache de près ou de loin
au prétendu complot que l'on poursuit à Lyon ?

— Je ne le crois pas, Monsieur; il n'y est jamais
allé et n'y connaît personne. Il n'a pu ni écrire des
lettres, ni en recevoir de qui que ce soit.

Rassuré par ces paroles, j'attribuai l'évènement,
qui nous préoccupait tous par son imprévu, à une
autre cause qu'à un motif politique. Je rentrai chez
moi un peu moins inquiet et je repris mes travaux
ordinaires de rédaction. J'étais si loin de m'attendre,
d'ailleurs, à être impliqué dans cette affaire dont
les journaux parlaient comme d'une tracasserie de
police, que je ne songeai pas à faire une révision de
mes papiers, persuadé que j'étais qu'ils ne conte-
naient rien de compromettant.

Cette imprudente sécurité fut cause de malheurs

que je déplorerai longtemps, non pas en ce qui me touche personnellement, mais parce que d'autres en ont souffert, tout en la partageant eux-mêmes.

Cinq jours s'écoulèrent ainsi : le sixième, je recommençai ma tournée interrompue et je revins à Barbaste en passant à Port-Sainte-Marie. Je me trouvais le lendemain au milieu de quelques amis, dont l'affection constante m'a été un appui dans les temps de lutte, une précieuse consolation dans l'infortune. Après une longue soirée, passée auprès de l'un d'eux qui était malade, nous nous disposions à gagner chacun notre lit, lorsque la porte de la chambre, où nous étions réunis, s'ouvrit brusquement et deux personnes entrèrent : c'étaient les citoyens B.... de Nérac et D... d'Agen.

A leur aspect grave, un peu attristé, je pressentis qu'ils étaient porteurs de mauvaises nouvelles.

— Lugubres messagers, m'écriai-je, que venez-vous nous annoncer de fâcheux ?

— Un mandat d'amener a été lancé contre vous, répondit B..... et une perquisition a eu lieu dans votre chambre et dans les bureaux du journal. Voici, ajouta D.... l'état des papiers saisis.

Je jetai les yeux sur une note qu'il me présenta, et parmi des pièces insignifiantes, je vis mentionnées des lettres dont je n'avais aucune connaissance, d'autres que je croyais détruites depuis longtemps. L'instruction a prouvé déjà que nulle d'entre elles ne portait un caractère de criminalité.

Il me parut d'abord odieux qu'on eut procédé à une visite domiciliaire en mon absence, et je redoutai une manœuvre de la police politique. Pendant

que je réfléchissais sur le parti à prendre, D... me
dit : — J'ai soustrait votre passeport qui n'est pas pé-
rimé et je vous l'apporte, il peut vous servir à é-
chapper aux poursuites, le voici.

— Partons pour Agen, lui répondis-je ; il n'est pas
convenable que je me cache ; si la mesure est générale, elle nous annonce un coup d'état ; il faut le
braver : si elle est particulière, il faut obéir à la loi ;
nous devons cet exemple à la démocratie.

J'embrassai les amis que je ne devais pas revoir de
longtemps et je retournai à Agen, ou je restai cinq
jours celé, afin d'arranger quelques affaires ; le 12
novembre 1850, je mis ma personne à la disposition du procureur de la République, après avoir a-
dressé les lignes suivantes aux démocrates du département :

Citoyens Frères,

Un mandat d'amener, signé du Juge d'Instruction de Lyon, peut m'é-
loigner pour quelques jours de la rédaction du *Radical*. En consacrant
à la République et à la défense de la liberté tout ce que j'avais de force,
d'intelligence et de foi, j'ai dû me préparer à tous les sacrifices qu'elle
impose dans la lutte suprême qu'elle soutient contre ses ennemis. Je
vous dirai donc simplement aujourd'hui ce que le chef dit aux soldats
sur le champ de bataille, lorsque quelques-uns tombent au milieu de
ceux qui restent debout : *serrez vos rangs.*

La Démocratie avait besoin d'épuration morale, c'est à nous de lui
donner l'exemple du sacrifice et de la résignation. Une chose me conso-
le, c'est que je n'ai jamais conspiré qu'avec Dieu et ma conscience pour
le bonheur du peuple et le triomphe de la liberté.

Voilà les sentiments qui ont dominé ma vie et présidé à la création
du journal, dont je confie le salut à votre dévouement et à votre patriotisme. Soyez assurés que la persécution est un mauvais moyen de
gouvernement, et les méchants finissent par succomber, lorsqu'ils sui-
vent les voies de l'arbitraire et de l'iniquité ; soyons donc confiants en
l'avenir que Dieu réserve, glorieux pour la France. Gardons au cœur

l'amour de la République, et ne mesurons jamais l'étendue du sacrifice, lorsqu'il s'agit de sa dignité et de son triomphe.

Salut et Fraternité,
P. GAUZENCE.

Je ne veux ajouter aucune réflexion au récit qui précède, on croirait que je plaide ; mon devoir est d'exposer ma conduite, sans me grandir, ni m'abaisser : le public jugera. Voici d'ailleurs un propos qu'on attribue à M. Sarramiac et qui révèle les véritables dispositions du parquet à mon égard : *Coupable ou non*, aurait-il dit, *nous le tenons et nous le garderons le plus longtemps possible.* Cette parole inconcevable, si elle est vraie, accuse autant la moralité du magistrat que celle des temps où nous vivons. Hélas ! y en a-t-il encore beaucoup qui ne verraient pas une insulte dans cette citation, dont j'ignore l'auteur ? *Quand un magistrat n'est pas un héros de vertu, c'est un malhonnête homme.*

L'arrestation arbitraire dont j'étais la victime, causait ma ruine, tuait mon journal, laissait mon fils sans soutien et sans pain, dans un âge où les enfants demandent le plus de surveillance et de soins affectueux de la part de leurs parents. Il y avait dans ce fait toutes les douleurs réunies : j'étais atteint dans mon cœur de père, dans ma qualité d'écrivain. Cependant, je m'inclinai sous la main de Dieu qui me frappait et je ne murmurai pas. J'avais voué ma vie à la République, je devais lui sacrifier ma liberté.

Je déplorai, seulement, que l'irritation et la haine chassent de plus en plus de nos mœurs publiques la justice et la bienveillance ; que les tristes lacunes d'une législation imparfaite nous livrent, sans défense, à la violence et à l'arbitraire, en créant le droit sauvage de représailles au sein d'une nation, si généreuse de sentiment, si doucé de caractère.

Voici d'ailleurs dans quelles dispositions d'esprit j'entrai en prison; elles sont indiquées dans la lettre suivante que j'adressai à mon ami et savant collaborateur, M. Gimet de Joulan.

Mon cher Gimet,

Il n'est pas rare, dans le temps qui court, vous le savez, de voir la porte d'une prison s'ouvrir pour un journaliste démocrate, sous les coups de sa plume irritée. Nous devons payer à la liberté de penser et d'écrire cette douloureuse expiation, complément dernier des sacrifices qu'elle impose. C'est une conséquence déplorable, il est vrai, mais qu'il faut accepter, de la fausse organisation de notre société, qui traîne à sa suite les restes du despotisme, de l'ignorance des âges barbares. La vérité a besoin encore de l'erreur pour arriver à éclosion, et le bien doit avoir longtemps peut-être pour agent de production le mal, qui le force à se manifester.

C'est maintenant que je comprends le sourire placide de Socrate à son geolier, lorsqu'il le remerciait pour les fers dont il avait endolori ses jambes captives. Imitons l'exemple du maître et bénissons le mal, au contact duquel la vérité s'épure et se fortifie.

Si la résistance au progrès n'était pas énergique et tenace chez certains hommes, si la République inspirait moins de haine aux cœurs égoïstes; si l'égalité et la fraternité épouvantaient moins les natures matérialistes, les âmes pieuses et ferventes, comme la vôtre, n'iraient pas jusqu'à sacrifier en compensation, leur intelligence, leur fortune, leur repos au bien général. Les bons deviennent, par opposition aux méchants, les continuateurs de l'œuvre de Dieu; et cependant je n'ose pas affirmer que dans la somme dernière du progrès social et de la perfectibilité humanitaire, ils aient à revendiquer une part plus large que ceux qui les combattent. Et si Dieu les frappe souvent et les livre à leurs ennemis, c'est pour les empêcher, sans doute, de s'énorgueillir de la mission religieuse dont ils se sont investis. D'ailleurs, la persécution est une condition essentielle de leur apostolat de liberté qui sans cela serait incomplet.

Nous ne sommes pas encore arrivés au temps où la vérité sera comprise dans sa seule expression, et appliquée aussitôt que formulée. Le rédacteur démocrate dans l'état encore demi-barbare de notre société, doit traîner son existence torturée entre la pauvreté et la prison, sans qu'il lui soit donné d'entrevoir le terme de la lutte qu'il a l'audace d'engager contre l'injustice, le préjugé, l'arbitraire et l'ignorance.

Vous le voyez, mon cher ami, j'avais déjà posé les termes du problème dans ma conscience, j'avais l'intuition des amertumes qui m'attendaient, des épines dont est semée la route dans laquelle je me suis engagé, lorsque j'abandonnai les classiques où se trouve vivante la pensée des sociétés mortes, pour m'enrôler dans la phalange républicaine, dans ce bataillon sacré de la liberté dont chaque soldat doit périr les armes à la main.

C'est une singulière condition que la nôtre, et peu de gens comprennent la fatalité qui pèse sur notre tête. Nous combattons victorieusement à la condition de ne pas jouir des fruits de la victoire, et de ne jamais recevoir de salaire du parti au triomphe duquel nous contribuons de tous nos efforts. Car les partis ne sont que des accidents de route et des jalons placés de distance en distance sur lesquels la pensée générale du progrès trace sa voie. C'est à ce point de vue que je dis que l'écrivain démocrate ne peut jamais se lier à un fait particulier, ni dire jamais comme le général romain : « J'ai vaincu ». Pour lui la lutte continue toujours, le combat est sans fin ; celui qui s'arrête, déserte; celui qui demande un salaire, vend sa plume; il est déchu de l'apostolat. C'est pour n'avoir pas compris cette vérité, que les journalistes de l'opposition ont compromis la révolution de Février; ils ont presque tous fait défaut à la République, en se jetant, comme le vulgaire des partis, à la curée des places, des emplois, des dignités rétribuées; ils ont échangé, pour la plupart, leur indépendance contre quelques écus, devenant scandaleusement les exploiteurs et les corrupteurs du peuple.

Il est inutile de se le dissimuler, c'est l'avidité des hommes de l'ancienne opposition libérale qui a déshonoré la révolution; ils ont trop vite montré qu'ils voulaient la confisquer à leur profit; mais en l'amoindrissant, ils l'ont mise à la porte de la réaction, qui n'a eu que peu d'efforts à faire pour s'en emparer. C'est à nous de réparer la honteuse défection qui eut lieu à cette époque dans la presse démocratique, et de réhabiliter le sacerdoce de l'écrivain qu'on avait fait déchoir aux yeux du peuple.

La tâche est rude, je le sais; nous sommes engagés dans une lutte, sans paix ni trève, contre l'erreur en quelque lieu qu'elle se trouve; contre l'égoïsme, quel que soit le masque qui l'abrite : notre mission n'a d'autre terme que la tombe, d'autre récompense que la confiance que donne le devoir accompli. Nous gravissons péniblement un sentier escarpé, abrupte, flanqué de deux précipices, où le cœur de l'écrivain se perd quelquefois : le découragement et la vanité.

Voilà notre condition à nous, tourmentés de la terre, qui ne savons pas laisser dormir en nous la pensée qui dévore ; à l'exemple du Prométhée symbolique, nous cherchons, audacieux, à dérober au ciel une vérité qui brûle éternellement dans le sein de Dieu.

Dans cette condition exceptionnelle d'existence qui nous jette, fiévreux, au milieu de l'arène où s'entrechoquent les ambitions en fureur, la vague nous jette quelquefois à la porte d'une prison, et nous éloigne de la lice, pour nous contraindre au recueillement, sans que la captivié puisse jamais devenir un repos. La prison m'était donc toujours apparue comme un variante probable de la physiologie du rédacteur, surtout depuis que la loi Laboulie et l'amendement Tinguy, ont marqué tout écrivain démocrate comme une proie humaine destinée tôt ou tard aux appétits faméliques du ministère public. J'étais donc prêt au sacrifice après avoir examiné tous les points difficiles de la position ; analysé, pour ainsi dire, goutte à goutte la coupe de misères que nous sommes destinés à boire à grandes ou à petites gorgées ; mais je m'étais arrêté à la série des procédés vulgaires usités jusqu'ici contre la presse, fortifiés du système compliqué des contraventions dont la loi dernière nous présente le continuel traquenard ; hélas ! j'avais négligé un point important dans la prévision des périls à redouter, j'avais compté sans M. le Préfet et sans le télégraphe, avec lesquels je pensais n'avoir jamais maille à partir. Je suis d'autant plus coupable d'avoir omis cette chance adverse, que de tous les moyens de mettre un homme en prison le plus expéditif est, sans contredit, la dépêche télégraphique.

Elle remplit dans le drame politique le même rôle que la lettre dans la comédie d'intrigue ; elle a la valeur d'un personnage, et cela sans responsabilité embarrassante.

Le procédé est simple ; on jette, selon le besoin du moment, un nom au mystérieux messager qui agite aussitôt ses longs bras, le transmet silencieusement à travers l'atmosphère limpide ; il l'apporte à un préfet, qui sans jamais demander le pourquoi, le comment, fait empoigner l'homme par un commissaire qui le coffre. La porte d'une prison s'ouvre, les verroux crient dans leur cylindre strident, une créature qui vivait à l'air pur, au soleil brillant, va respirer l'air délétère d'un cachot ; un citoyen est privé de la liberté, un membre du peuple souverain est déchu de son privilége d'inviolabilité civile, sans qu'on puisse préciser le motif réel de cette violence, sans qu'on s'en inquiète, sans que la victime puisse, par un recours quelconque, établir son droit, prouver son innocence.

Au point de vue de la dignité républicaine, cet acte nous paraît une espèce de sacrilége et d'impiété; mais ce n'est pas tout: qu'il plaise au juge d'une ville où vous ne serez jamais allé, où vous n'aurez jamais écrit, où vous n'aurez ni amis, ni connaissances, de vous impliquer dans un affaire qu'il instruit; il lance aussitôt un mandat d'amener, et, bon gré malgré, vous êtes contraint d'obéir et de vous rendre de prison en prison, sous la conduite des gendarmes, pour aller prouver qu'on s'est trompé, que vous êtes innocent.

Voilà cependant où nous en sommes encore après soixante ans de révolutions et de progrès démocratiques, pendant lesquels le peuple a versé son sang le plus pur pour la conquête de la liberté! Nous sommes tombés sous le régime des lettres de cachet.

Nous n'avons pas le droit de dire que nous sommes une nation avancée dans l'ordre du progrès civil et politique, car nous n'avons ni la liberté individuelle, ni la liberté communale, sans lesquelles les principes fastueux proclamés dans la Constitution sont illusoires.

Hélas! que de luttes et de combats il faudra livrer encore; que de sang coulera peut-être avant que la réalité de la République remplace dans les lois et dans les mœurs l'illusion démocratique de laquelle le peuple se leurre encore! Telles étaient les tristes réflexions qui traversaient mon esprit, pendant que le concierge m'inscrivait sur son livre d'écrou comme prisonnier volontaire; M. S....., à qui je m'étais présenté, m'avait conservé cette qualité et n'avait pas permis que le commissaire me mît, comme on dit, la main au collet; le magistrat a bien pu m'épargner le désagrément d'une arrestation, mais non me dispenser de ses conséquences amères.

P. GAUZENCE.

J'avais le droit d'espérer que je serais interrogé, dans le délai prescrit par la loi, et que, sur les explications que j'avais à fournir, on me rendrait à la liberté. L'accusation portée contre moi me paraissait absurde à tous les points de vue; car, je ne me considérais, ni comme un homme de parti, ni comme l'homme d'un parti. J'avais toujours eu horreur

des complots et des conspirations qui sont les avor-
tements ridicules ou sanglants des partis vaincus,
de même que la persécution est l'agonie torturée
de ceux qui meurent impuissants.

Cependant, je ne connaissais pas encore toute l'é-
tendue de l'arbitraire dont j'étais la victime. Je ne
savais pas que le mandat de perquisition et celui
d'amener avaient été décernés sur des indices con-
traires à ce qu'on affectait de chercher, ce qui rend
la mesure prise à mon égard d'une révoltante iniquité. J'ignorais, en outre, que le commissaire de
police, en mettant le premier à exécution, avait violé
le secret d'un pli cacheté et n'avait pas consigné ce
fait, auquel mon absence donnait un caractère odieux,
dans son procès-verbal. J'attendais mon interrogatoire et c'est un ordre de transférement à Lyon qui
arriva.

Quelques jours auparavant, Duffau, de Port-Sainte-Marie, avait été arrêté, mais je n'avais pu que lui
serrer la main comme il passait près de moi ; on le
déposa dans une cellule obscure et humide, où il fut
tenu au secret le plus absolu. J'appris qu'on l'avait
enlevé le surlendemain et conduit à Villeneuve. Le
malheureux s'attendait si peu à faire le voyage de
Lyon, pour une lettre qui l'honore, qu'il était venu
de chez lui, sans linge et presque sans argent. Il fut
consterné, quand on lui annonça le soir qu'il devait
partir au point du jour.

En vain demanda-t-il un sursis afin qu'il put écrire à sa femme et à ses amis; on se montra impitoya-
ble ; il dut commencer la route avec des souliers ver-
nis et un paletot de drap zéphir. Ces détails affli-

geants me furent donnés au moment où l'on m'avertit, moi-même, que je devais me disposer à partir. On vint, en effet, m'arracher de mon lit le 28 novembre à minuit. Je ne fus pas tout-à-fait pris au dépourvu, néanmoins. Deux bonnes et pieuses âmes, que je ne nommerai pas, mais que je bénis, m'avaient fait parvenir des secours et des encouragements pour ce long calvaire, dont les stations douloureuses et humiliées sont des cachots, les chapelets des chaînes de fer, les guides des gendarmes!

La police me conduisit à travers des rues détournées à la caserne, où une charrette de convoyeur m'attendait, et deux brigades m'escortèrent jusqu'à Villeneuve. Là, j'appris que Duffau en était parti seulement la veille, les mains liées. Je reçus aussi d'autres renseignements qui me rassurèrent un peu sur son compte : on me dit que le brave et généreux P... était accouru de Port-Ste-Marie et lui avait apporté du linge et quelque argent.

J'avais à peine obtenu ces renseignements, que le concierge arriva dans ma chambre et m'avertit qu'il fallait repartir. Comment, lui dis-je, j'arrive ? Peu importe, ajouta le brigadier, l'ordre est formel, il est inutile de faire résistance. Puisqu'il en est ainsi, lui répondis-je en soupirant, je suis à votre disposition. Une autre charrette était à la porte, où m'y embarqua.

A midi, j'étais déposé à Duravelle, mourant de faim, exténué de fatigue. C'est là que je rejoignis le bon Duffau. Nous nous embrassâmes avec tristesse, mais chacun de nous regarda l'autre comme une consolation. Le concierge me prêta son lit et je m'endormis... Lorsque j'ouvris les yeux de nouveau, il était cinq heures ; j'entendis la voix de mon fils... Le pauvre enfant avait fait treize lieues en tilbury pour me dire un dernier adieu, conduit par l'une des deux âmes qui sont restées, à Agen, fidèles à mon infortune, et dont le dévouement ne m'a jamais fait défaut. Pendant que je pâtissais ainsi, mes ennemis semaient la calomnie contre moi, afin d'écarter de ma misère toute sympathie. Ce jour-là, si je ne fus pas heureux, je me trouvai moins à plaindre.

Le lendemain 29 il fallut prendre la route de Cahors. Des larmes furent versées dans un dernier baiser et de ferventes prières s'élevèrent vers le ciel pour notre délivrance, pour notre prompt retour.... neuf mois se sont écoulés; Dieu n'a exaucé que la moitié des vœux qu'on lui adressa alors et qui lui ont été souvent adressés depuis. De Cahors où nous séjournâmes, on nous dirigea sur Rhodez. Nous allions, mornes et silencieux, à travers les montagnes argileuses et dépouillées du Lot, tantôt montés sur la charette, tantôt marchant à pied. Duffau causait avec les gendarmes, examinait les chevaux, disait leurs qualités et leurs défauts ; j'écoutais sans me mêler à leur conversation. Je n'ai jamais aimé le gendarme parce qu'il est un instrument de coercition, pas plus que je n'aime les prisons, les chaînes, les grilles, les verroux et la police politique, comme moyen de gouvernement.

Lorsque la justice régnera, par la liberté et l'égalité bien comprises, tout cela disparaîtra, avec la guerre, des sociétés civilisées. Nos descendants nous diront féroces et pervers, de même que nous appelons barbares les seigneurs du moyen-âge, qui mettaient un collier au cou de leurs serfs et qui fesaient pendre un vassal lorsqu'il tuait un lapin sur leurs terres.

Les hommes, séparés de leurs intérêts d'argent ou de vanité, sont tous bons et faciles; cherchez le moyen de détruire les rivalités de fortune et d'orgueil, vous n'aurez plus besoin des appareils de terreur, pour forcer les hommes à devenir honnêtes, malgré eux; abolissez la tyrannie, il n'y aura plus ni sociétés secrètes, ni complots, ni conspirations.

Nous avions déja fait quatre étapes, sur les seize que nous avions à parcourir, pour atteindre Lyon, où nous allions ainsi l'un et l'autre pour la première fois. Nous arrivions à Villefranche d'Aveyron, d'où on avait naguère enlevé le citoyen Caussanet, fils d'un riche négociant, que Bertomieux avait nommé dans sa lettre. Notre convoi descendait lentement la route qui mène à cette jolie petite ville en venant du sud-ouest. La journée était belle et chaude; le soleil éclairait de ses rayons purs, devant nous une gracieuse chapelle, assise sur une montagne, à notre gauche, un ancien château à tourelles devenu un séminaire; l'horizon était formé, autour de nous, par des collines fertilisées jusque sur leurs sommets; au fond de la vallée reposait la ville dont on voyait briller les toitures d'ardoises.

Cependant sur la route s'avançait, compacte, une foule d'hommes que nous prîmes de loin pour un essaim de collégiens en promenade. Mais bientôt un officier de gendarmerie, sortant d'un sentier perpendiculaire à la route, nous informa que c'étaient les

7

républicains de Villefranche qui venaient à notre
rencontre. Il donna, en même temps, au conducteur, l'ordre de partir au galop.

Aussitôt que la voiture parvint à la hauteur du
premier groupe, la colonne se forma sur deux lignes,
entre lesquelles nous dûmes passer. Alors tous les
démocrates se découvrirent à la fois, et un immense
cri, mille fois répété, de : Vive la République! retentit. La surprise et la joie nous empêchaient de
parler; nous saluions silencieux, en proie à une
douce émotion, ces frères qui nous accueillaient
ainsi dans leur cité, qui honoraient notre infortune,
afin qu'elle nous fut plus légère à porter. La voiture
nous entraînait rapide, mais de distance en distance,
étaient de nouveaux groupes, nous entendions de
nouveaux cris. Honneur à ceux qui souffrent pour
la cause du peuple! disaient-ils.... gloire aux mar-
tyrs de la liberté.. Hommes, femmes, enfants, tous é-
taient accourus sur notre passage ; nous entrâmes
en prison triomphalement, et nous y trouvâmes, non
pas un geôlier, mais une famille vraiment hospitalière.

Ce jour là nous nous endormîmes au chant de la
Marseillaise dont le refrain arrivait du dehors jusque dans notre chambre. Le lendemain, trois brigades de gendarmerie escortèrent notre voiture, la
carabine chargée et appuyée sur la cuisse droite.
Cet appareil hostile n'empêcha pas la population
d'accourir et de nous accompagner du chant national, que trois cents voix fesaient entendre, malgré la
force armée, la police et l'administration réunies
pour les intimider. A quelque distance de Villefran-

ché, nous fûmes laissés à une simple escorte.

Quelque défiance instinctive que j'aie à l'égard des tumultueuses manifestations de la foule, l'hommage enthousiaste rendu à la République, par ce peuple sympathique, me causa une grande joie et raviva mon âme attristée. Mais ce qui me toucha surtout profondément, ce qui me fit croire au règne prochain de la démocratie, ce fut, après notre sortie de Villefranche, de voir accourir vers nous, d'un champ voisin, cinq paysans qui avaient suspendu leurs travaux en nous apercevant; ils se placèrent parallèlement à la route, sur une même ligne, leurs bêches à l'épaule, et ils attendirent la voiture; quand elle fut parvenue près du lieu où ils étaient, ils se découvrirent et dirent : Courage amis, Vive la République!! Le cri et le salut de ces hommes isolés renfermaient plus de véritable résolution que n'en contiennent quelquefois les plus bruyantes vociférations; je fus ému jusque dans les entrailles; aussi répondîmes-nous ensemble, Duffau et moi : Vive la République!!

C'est ainsi que nous atteignîmes Regnac et Rhodez. A la correspondance qui précède cette ville, nous fûmes reçus par deux de nos amis, les citoyens Oustric et Pons, le premier, rédacteur de *L'Aveyron Républicain*; ils nous apportaient deux cents francs, montant d'une collecte faite la veille par les démocrates de Rhodez. Nous reçûmes avec une pieuse reconnaissance ce don de la charité patriotique, auquel nous dûmes de continuer notre voyage un peu plus vite et d'en moins sentir les privations.

Une voiture, louée à nos frais, nous conduisit à

Mende, où nous trouvâmes les 16 prévenus politiques de Carpentras, tous enfans du peuple, qui attendaient depuis treize mois, avec une admirable résignation, qu'on leur donnât des juges. C'est en les voyant calmes et résolus, patiens et forts que j'ai appris comment on doit souffrir sans plainte, sans murmure et sans vaine protestation, lorsqu'on a foi à la justice de la cause pour laquelle on souffre.

A partir de Mende, où nous avions repris la charrette du convoyeur, rien ne vint interrompre la douloureuse monotonie de la route; nous franchîmes les montagnes arides et glacées de la Lozère et nous entrâmes dans la Haute-Loire; mais au Puy-en-Velay, une rude épreuve nous était réservée. Jusque-là, nous avions marché libres sous l'œil des gendarmes qui nous avaient traités, sinon avec bienveillance, du moins avec quelques égards. Au Puy, les mauvais traitements commencèrent pour nous. Le lendemain de notre arrivée, le concierge nous avertit que M. le brigadier nous attendait au greffe. Duffau descendit le premier, pendant que je terminais ma toilette; je le suivis un moment après.

Qu'on se figure ma surprise et mon indignation, lorsqu'en entrant dans le greffe, je vis ce maudit brigadier en train d'enchaîner mon ami. — Oh! l'horreur, m'écriai-je, à nous des chaînes? Nous ne sommes ni des voleurs, ni des assassins. — Cela ne me regarde pas, dit froidement le gendarme, en fermant le cadenas; à votre tour camarade! — C'est infâme, ce que vous faites là, Monsieur! — Pas tant de raisons, reprit-il, arrivez et que nous partions.... Résister eut été inutile et dangereux; il fallut se sou-

mettre et tendre le cou : on m'attacha à l'autre bout
de la chaîne, et l'on nous fit ainsi marcher jusqu'aux
portes de la ville ; Duffau allait devant et me traînait, pour ainsi dire, à la remorque.

Cet affreux supplice dura quatre jours, et la cérémonie de l'enchaînement se renouvela huit fois.
Pendant ce temps, je ne mangeai, ni ne dormis, ni
ne parlai. J'étais plongé dans une morne stupeur ;
mon pauvre compagnon, cherchait à me consoler,
mais je ne l'entendais pas. Je m'étais aguerri contre
toutes les misères et toutes les humiliations; j'avais
entrevu dans les douloureuses épreuves de cette
expiation imméritée, la vermine, la maladie, la mort;
j'avais oublié la chaîne....

Le quatrième jour de cette torture, notre charrette montait lentement une côte dans le voisinage
de Saint-Etienne-en-Forêz, j'appelai le conducteur.

— Mon ami, lui dis-je, priez les gendarmes de nous
délivrer de cette chaîne qui nous serre le cou, et
nous vous ferons déjeuner, comme des princes, à la
correspondance prochaine.

Le bonhomme comprit, sans doute, que ma proposition était une prière ; il dit quelques mots à l'o-
reille du gendarme de droite, qui les redit à celui
de gauche; puis, celui-ci mit pied à terre, fouilla dans
sa poche, en tira une petite clef et il ouvrit les deux
cadenas... Nous étions libres... Pour la première fois
de ma vie, je bénis un gendarme.

Bien que les plaisirs du prisonnier ne soient guère que des changements dans le genre de ses souffrances, je me trouvai moins malheureux à partir de ce
moment, jusqu'à notre arrivée à Lyon, où nous par-

vînmes quarante-huit heures après. La matinée était humide et froide, un brouillard épais enveloppait la ville; de façon que, de la gare du chemin de fer, nous longeâmes plusieurs rues, nous traversâmes des places et des ponts, mais nous ne vîmes rien. La porte de la prison de Roanne s'ouvrit et nous reçut dans son cercueil de pierre et de fer.

§ II.

Un prisonnier n'est pas un homme pour les gendarmes et les geôliers; c'est une chose vivante qu'ils font avancer, reculer, tourner à droite, tourner à gauche, qu'ils manient, qu'ils fouillent, insultent, enferment sous clef, appellent ou repoussent, comme il leur plaît.

En entrant dans la prison, on nous arrêta entre deux guichets, et un gardien, ayant jeté un coup d'œil sur l'ordre de conduite qu'on lui présenta, procéda à la visite de nos effets et de nos personnes, vida nos poches, en étala le contenu sur une table ; puis ses mains rapides et exercées se promenèrent sur notre corps immobile, nous parcourant de la tête aux pieds, avec une prestesse vraiment merveilleuse; il étudia jusqu'aux plis et aux coutures de nos vêtements... Cette déplaisante cérémonie terminée, on nous poussa dans l'intérieur d'une cour, où étaient une foule de prisonniers en veste bleue, de là dans le fond d'un corridor où une lourde porte s'ouvrit, puis se referma; nous étions au secret. C'était un cachot noir et glacial, de six mètres de long sur trois de large, avec une seule ouverture donnant sur le

chemin de ronde. La fenêtre était garnie d'une jalousie de fer, dont les lames horizontales, inclinées
en dehors, étaient si rapprochées que la clarté du
jour ne pénétrait jamais dans l'intérieur. Il y régnait une obscurité perpétuelle. Un seul des deux
lits, qui remplissaient presque tout l'espace, était gar-
ni de ses couvertures; Duffau me le céda et il fit en
cela un acte de charité qui me sauva la vie; car, je
me sentais si débilité, que si j'avais dû passer, comme
lui, six heures debout dans ce lieu humide et mal-
sain, je crois que j'y serais mort de froid. Quelle
nuit affreuse nous eûmes... Le lendemain Duffau
me quitta et je ne le revis que dix jours après. Je
restai vingt-quatre heures encore dans ce tombeau.
Enfin, on vint me prendre à mon tour et je compa-
rus devant le juge d'instruction.

Un gardien, accompagné d'un soldat de la ligne,
m'introduisit, un moment après mon arrivée, dans
le cabinet du magistrat. Le célèbre Baudrier, dont les
mandats lancés au hasard ont causé tant de maux et
fait répandre tant de larmes de femmes et d'enfants,
parut... C'est un homme de taille moyenne et d'un
aspect sombre plutôt que sérieux; il a la figure pâle
et commune, le front bas, les sourcils noirs et épais,
l'œil cave et sans reflet... Je le regardais, il m'examinait. Il s'assit, en me rendant mon salut, d'un air
de mauvaise humeur.

Après un silence de quelques secondes, le magistrat, prenant devant lui quelques papiers, me dit :

— Avant de procéder à un interrogatoire régulier,
je vous demanderai quelques renseignements. Comment se fait-il, par exemple, que vos co-accusés vous

aient voué une haine aussi implacable que celle qui respire dans les lettres que voici ?

— Je ne sais, Monsieur, qui vous désignez par ce mot de co-accusés, répondis-je ; j'ignore moi-même sous quel genre de prévention je parais devant vous. La question, au demeurant, me semble oiseuse, et vous ne m'avez pas fait traîner, sans doute, jusqu'ici, de brigade en brigade, pour le seul plaisir de me l'adresser ?

— J'entends par vos co-accusés ceux qui sont impliqués, pour le Lot-et-Garonne, dans un complot dont vous êtes le chef. Je vous engage à ne pas les épargner, car ils ne vous ont guère ménagé. Voici, d'ailleurs, des écrits qui témoignent de leurs dispositions à votre égard.

Il lut alors une lettre signée P... et saisie chez Lesseps, dans laquelle j'étais, en effet, odieusement traité. Selon lui, *j'étais un horrible cafard, un jésuite distilant la bile et le fiel. Je trahissais la République au profit des légitimistes auxquels j'étais vendu...*

J'écoutais, impassible, cette lecture et je remarquai que le juge appuyait avec affectation sur les expressions les plus injurieuses...

— Ce n'est pas tout, dit-il, en terminant ce triste document d'injustice et de malveillance, il y en a plusieurs de semblables, échangées entre M. Lesseps et ses amis. En voici une qui porte la signature de l'ex-député, dans laquelle il vous accuse, en propre termes, d'avoir voulu l'assassiner ; et il reprit sa lecture, en épiant d'un œil furtif l'effet qu'elle produisait sur moi.

L'expérience était rude, je l'avoue, et si j'avais été

moins malade de corps, moins résigné d'esprit, je me serais peut-être laissé emporter à l'indignation que je ressentais. Mais j'avalai jusqu'à la lie cet amer calice, sans qu'une seule fibre de ma physionomie trahît le dégoût...

— Les ignobles documents que vous venez de lire, Monsieur, repris-je doucement, prouvent une seule chose ; c'est qu'il ne peut y avoir complot entre des gens qui se détestent et se diffament à ce point. Je vous prie, en conséquence, de me dire sur quelles pièces probantes vous me chargez d'un crime contre la sûreté de l'État, m'impliquant ainsi dans une affaire à laquelle je suis étranger ?

Le magistrat fit un geste d'impatience et un interrogatoire régulier commença. J'en donne ici la substance.

— N'avez-vous pas vu à Agen, vers les derniers jours d'octobre, un personnage, chargé d'une mission politique, venant de Lyon ?

— Non, Monsieur.

— Cependant, voici une lettre qui donne sur vous, sur la scission du parti, sur votre journal, des détails tellement précis, que l'auteur ne peut les tenir que de vous ?

— Veuillez me lire cette lettre, Monsieur, et me dire le nom de son auteur ; je répondrai à votre question qui reste, jusqu'à présent, une hypothèse gratuite.

Il me montra cette pièce sans signature, datée de Nérac et dont j'ai parlé plus haut. Je fus alors convaincu de ce que je soupçonnais déjà ; c'est-à-dire, que mon arrestation et celle des autres rédacteurs était une vengeance de la police politique, et que le but réel était la ruine de nos journaux.

—Cette lettre, répondis-je, ressemble, à quelques égards, aux premières que vous m'avez lues; elle affirme ce qu'elle ignore; l'auteur ne peut avoir appris de ma bouche une chose qui serait ma honte, si ce n'était une calomnie. Ce qui touche au complot de Lyon s'arrêta là; il n'en fut pas autrement question. L'interrogatoire suivit ensuite un autre ordre de faits.

Voilà donc, me disais-je, sur quels indices on nous a arrêtés! Voilà ce qui a suffi à un magistrat pour jeter le trouble dans trois départements, la désolation et la ruine dans plusieurs familles! O pudeur de la vérité! O justice humaine! qu'êtes-vous devenues? Pour se jouer ainsi du repos et de la vie des citoyens, il faut qu'on ignore qu'il y a un Dieu qui punit les mauvaises œuvres?

§ III.

Les principales pièces saisies dans les bureaux du *Radical* se composaient de quatre lettres, d'une facture d'armurier et d'une note au crayon, où étaient écrits les noms et la demeure de quelques officiers de la garnison d'Agen.

La première lettre sur laquelle porta l'interrogatoire fut celle de ce brave Duffau, qui a partagé toutes les douleurs de ma longue captivité, et dont l'affection inaltérable m'a été souvent une consolation, dans les amertumes dont les autres m'ont abreuvé.

Je dis au juge que cette lettre était une réponse

à une demande que je lui avais adressée, pour savoir quelles étaient les dispositions politiques de la ville qu'il habite. J'ajoutai qu'il me paraissait étrange qu'on fit un crime à un homme d'avoir exprimé un sentiment conforme à ce que la Constitution prescrit à chacun de nous, savoir : de défendre la chose publique, si jamais elle est attaquée.

— Je n'ai pas de compte à vous rendre, s'écria M. Baudrier, répondez seulement à mes questions!..

Voici une lettre de Moreau qui parle de réunions et de souscriptions pour une entreprise, qui ne peut être qu'un complot?

— Ce qui paraît tel, à votre point de vue, Monsieur, se rapporte, en réalité, à la fondation d'un journal pour lequel il fallait des souscripteurs et de l'argent.

— Mais le style exalté de la lettre? — C'est une amplification oratoire qui se ressent un peu du voisinage de la Garonne... Je passe sous silence les questions qui me furent faites, au sujet de lettres saisies chez Lesseps et dont une émanait de Moreau. Je n'eus qu'une seule réponse pour tout ce qui ne venait pas de chez moi : j'ignore.... Le juge d'instruction continuant :

— Donnez-moi des explications sur cette lettre, trouvée chez vous et signée Désolme? Je parcourus cette pièce qui me parut une véritable extravagance, et je répondis :

— Je ne puis dire si cette lettre a été saisie, chez moi, ou dans les bureaux du journal; bien des documents y arrivaient à mon insu; ce qu'il y a de certain c'est que je la vois pour la première fois...

— Du moins, continua le magistrat, vous conviendrez que celle-ci, qui est signée Lesseps, vous a été adressée; on y parle de la nécessité de s'organiser...

— Je ne saurais rien préciser au sujet de la lettre que vous me montrez; mes relations avec Lesseps n'étaient pas de nature à laisser supposer une correspondance intime; il est probable que cette lettre, qui d'ailleurs est sans date, m'aura été communiquée par un tiers.

Après les pièces que je viens de mentionner, on fit passer sous mes yeux la facture de Mesmin, que M. Baudrier affectait de regarder comme une preuve que les socialistes de Lot-et-Garonne achetaient des armes et des munitions de guerre. — Vous ne pouvez pas nier l'existence d'un complot, disait-il, puisque je possède la preuve certaine, irrécusable que vous vous armiez? Je souris ironiquement à cette exclamation, et je le priai de me montrer la pièce. Savez-vous ce qu'était cette preuve accablante? une facture mentionnant des armes et des munitions de guerre, fournies par un armurier de Nérac, devinez à qui?... à Mlle Caroline de Trenquelléon...

— Faites arrêter cette moderne amazone, lui dis-je; mais je vous préviens qu'elle est réactionnaire pur sang... Je n'ose pas consigner ici la réponse du juge d'instruction. Enfin arriva la liste des officiers, à laquelle on s'efforça de donner un caractère sérieux et qui n'est qu'un renseignement venu de je ne sais qui, pour je ne sais quoi...

Voilà quel fut mon interrogatoire, en ce qui touche ceux que le magistrat appelait mes co-accusés. J'ai omis ce qui m'est personnel, car mon devoir, dans cette circonstance, était d'innocenter les hommes qui avaient pu être compromis à mon occasion.

Je demeurai encore huit jours au secret, puis on me permit d'aller rejoindre les autres prévenus dans le quartier de la prison qui leur avait été affecté. Je revis la lumière, mais je fus deux mois entiers sans jouir des rayons du soleil; ils ne descendent dans les cours de Roanne que vers les derniers jours de mars.

Nous étions trente-six environ occupant la moitié de la maison qui est divisée en deux parties; nous couchions dans quatre dortoirs et nous vivions dans une promiscuité intolérable.

Durant quarante jours, je restai isolé des autres, recueilli dans ma pensée, ne cherchant pas la société de ceux qui semblaient m'éviter. On avait semé de sourdes défiances autour de ma personne, et j'étais tenu en suspicion, sans m'en douter. Je ne parlais qu'à Duffau. Lesseps, qui occupait une chambre privilégiée avec Thourel, Sauve, Caussanel et Rouvier, venait par temps dans la cour où nous étions entassés; mais lorsqu'il se montrait, je me retirais dans un coin du chauffoir, où je méditais tristement sur l'avenir. Cette affectation de solitude, aux mêmes heures, attira l'attention de Gent; il vint, un jour, me trouver accompagné de Belliser, et me dit:

— Citoyen Gauzence, les détenus politiques ont remarqué avec peine que vous disparaissez de la cour, toutes les fois que M. Lesseps s'y rend; cela nous inquiète; et, sans prétendre pénétrer la cause de vos différents, nous venons vous prier, au nom de tous nos frères, de les suspendre ou de les oublier;

la fraternité du malheur doit l'emporter sur les rivalités d'amour-propre. Si les hommes d'intelligence
sont divisés, le peuple les méprisera, s'éloignera
d'eux et désespérera de la République.

— Ce que vous dites est parfaitement vrai, lui
répondis-je ; je reconnais la solidarité morale qui
doit nous unir dans le même symbole, en dirigeant
nos sentiments et nos relations. Quelle est la conséquence personnelle que vous tirez de ce raisonnement, et que souhaitez-vous de moi ? Il ne sera pas
dit que vous aurez fait, aujourd'hui, une démarche
inutile, au nom de la fraternité.

— Que vous offriez votre main à M. L.... lorsqu'il
descendra dans notre cour... — Je vous le promets.
—Etes-vous satisfaits?—Entièrement, dirent-ils tous
deux. Sur ce, ils me quittèrent, et je demeurai seul,
livré à mes réflexions. La démarche à laquelle je
m'étais engagé, coûtait beaucoup à mon amour-propre, mais je parvins à vaincre ma répugnance.

Quelques heures après je fis ce que j'avais promis et j'y ajoutai tacitement le pardon de l'injure
reçue, sans parvenir toutefois à l'oublier.

Au point de vue moral, la situation de Roanne
était intéressante à étudier; mais c'est sous l'aspect
politique, surtout, que je m'attachai à l'examiner. Il y
avait, parmi les détenus, une grande variété de caractères, de sentiments, d'éducations. Presque toutes les classes de la société s'y trouvaient représen-
tées. On y voyait le journalisme, le barreau, la
bourgeoisie, la finance, le travailleur indépendant et
l'ouvrier prolétaire. L'élément ambitieux et personnel, le républicain négatif, le révolutionnaire senti-

mental ou par tempérament, le socialiste organisateur se retrouvaient là, comme au dehors, dans
les mêmes proportions.

Le petit nombre comprenait bien la démocratie,
tous voulaient la République; les uns, dans la limite
de leur individualité, le plus grand nombre était
entièrement dévoué à la cause, sans mesure, ni réserve.

Les hommes qui représentent ces divers éléments
furent longtemps à se regarder, à s'étudier, pour
ainsi dire. A notre arrivée, Gent les reliait tous, parce
qu'il avait eu des rapports intimes avec chacun. On
l'acceptait pour arbitre et conseiller, parce que le
parquet le regardait comme le chef du prétendu
complot, qui n'était, dans son acception réelle,
qu'une disposition commune de résistance à l'usurpation.

Lorsque la catégorie du sud-ouest, qui était absolument étrangère aux autres, arriva, on essaya de
faire surgir une autre influence, et les moyens em-
ployés pour cela ne furent pas toujours avouables.
Il en résulta une scission déplorable, et des luttes ou-
vertes éclatèrent. Je vivais soigneusement en dehors
de ces rivalités, qui rendaient notre situation plus
amère et plus torturée; mais j'en suivais le triste développement.

Gent, lâchement attaqué dans son patriotisme et
dans ses sentiments, opposa, malgré son caractère
impétueux, le calme, la patience et la dignité. Je dus
le féliciter, à mon tour, de ce qu'il sacrifiait à la
paix, à la solidarité démocratique, ses justes ressentiments; tandis que ceux qui voulaient, comme

ils le disaient, le démonétiser, n'usaient, à son
égard, ni de justice, ni de bienveillance.

Ces intrigues misérables allaient leur train, en
suivant un courant mystérieux entre les appartements
privilégiés; elles agitaient toutes les têtes, et auraient
peut-être amené une collision malheureuse, lorsque
notre catégorie fut distraite de la grande masse des
détenus, et reléguée dans une chambre du quartier,
dit des bleus, au troisième étage.

Ce fut un moment de bonheur que ce changement;
nous pûmes alors respirer à l'aise, lire, écrire et regarder le ciel libre, voir briller le soleil sur les toitures des maisons. Bientôt une douce bienveillance
s'établit entre nous, par un échange continuel de services. Je me trouvais si bien que je ne descendais
presque jamais dans l'appartement du second, qui
était occupé par Caussanel, Lesseps, Marlet et Rouvier.

Cependant, comme les communications étaient libres entre les deux cours, il arrivait un grand nombre de visiteurs; mais ils aboutissaient, presque tous,
chez nos voisins qui les accaparaient et s'en trouvaient encombrés. Quelques-uns parvenaient jusqu'à
l'étage supérieur, plutôt pour s'y reposer que pour
s'y distraire.

C'est là que j'ai pu, dans des entretiens libres et
intimes, apprécier la noblesse, l'élévation, le courage résigné et modeste de certains caractères qui
sont l'honneur du parti démocratique. Je vis avec
une joie infinie que la pensée socialiste est devenue,
pour un grand nombre d'intelligences, un symbole

affirmé, positif, n'attendant que sa réalisation prochaine.

Parmi ceux dont le souvenir est resté en moi, à
côté de mes rêves et de mes espérance d'avenir, je
citerai Meric, du Luc (Var), dont la loyauté de caractère et le courageux dévoûment justifient la haute
influence qu'il exerce dans son pays; Barbut, de
Nîmes, simple ouvrier, sans érudition ni lettres,
mais d'un sens droit et logique; démocrate à l'âme
de feu, à la volonté de fer, qui a la religion de la République et la haine de l'injustice; Grill, son ami,
jeune homme de 22 ans, résolu comme un Spartiate;
P. Maistre, de Saône-et-Loire, type de franchise et
de désintéressement, prêt à tout sacrifier pour le
peuple et pour ses droits méconnus; enfin, L. Chevassus, de Lyon, âme douce, bienveillante et ferme.
Chevassus est, pour moi, le type du travailleur,
intelligent, sympathique et dévoué. Il joint une
instruction solide et positive à un jugement droit et
sain; il est d'une vie exemplaire, d'une indulgence
admirable pour les faiblesses d'autrui; placide et ri-
goureux dans ses paroles, discret et généreux dans sa
conduite; c'est un des hommes les plus accomplis
que j'aie connus, un de ceux que j'aime, que j'estime
le plus...

Nous étions depuis quinze jours à peine dans cette
nouvelle chambre, lorsque le vieil Imbert mourut,
sans plainte, ni regret, ni murmure, martyr d'une
cause qui lui avait déjà demandé tous les sacrifices,
à laquelle il a offert jusqu'à sa vie. Cette mort produisit une pénible sensation parmi les détenus et
dans le public Lyonnais; le parquet lui-même s'en

émût, non de pitié, mais de crainte. Elle donna lieu à un incident dramatique dont je ne perdrai jamais le souvenir.

Pendant que le corps était exposé dans la chapelle de la prison, et comme les aumôniers se disposaient à l'enlever, la femme et la fille du républicain, mort à la peine, arrivèrent de Marseille. Elles s'avancèrent, recueillies et sans larmes, vers le cercueil et le contemplèrent en silence : puis, la veuve, pâle, mais fière, étendit sa main droite sur la draperie qui recouvrait la bière, et s'écria de sa voix forte, au milieu du recueillement général : Mânes de mon époux assassiné, je jure de ne vivre que pour la vengeance. Je dis anathème aux bourreaux d'Imbert, et je les livre à la juste colère de la démocratie ! ! !

Une sorte d'épidémie régnait alors dans la prison; nous fûmes tous successivement atteints de la grippe, mais Pouzet se trouva le plus maltraité par la maladie. Notre pauvre camarade, saisi tout à coup d'un rhumatisme goutteux, se vit bientôt perclus de ses membres. Nous nous partagions, à l'envi, les soins que sa triste situation réclamait; mais le mal résista à nos efforts, et nous craignîmes de le perdre. Quel affligeant spectacle pour nous, qui ne pouvions que peu de chose pour soulager les douleurs physiques, absolument rien contre les inquiétudes morales! Tout ce que peuvent de zèle et d'assiduité, le dévouement et l'amitié lui fut prodigué. Nous le veillions, tour à tour, avec le sentiment profond du danger qu'il courait, avec la conviction de notre impuissance. Enfin, il obtint de se faire transporter dans une maison de santé, où il se rétablit, après une longue convalescence, dont sa femme vint adoucir les ennuis.

Le même jour, 22 mars, nous fûmes transférés, au nombre de 17, à la prison de Perrache, appelée aussi St-Joseph. Cette maison est beaucoup plus vaste et même plus aérée que celle de Roanne : l'eau y est saine et le séjour en est un peu moins lugubre. Les premiers dix jours se passèrent assez bien ; les soins de notre installation nous occupèrent seuls. Je mangeai à la même table que L... avec Caussanel et tous ceux qui fesaient partie de notre catégorie. Nos relations, depuis ma démarche à Roanne, avaient été froides, mais polies, et nous ne nous étions revus qu'à de longs intervalles.

Ce calme dura jusqu'à l'arrivée de Chevassus qui avait obtenu de venir nous joindre. Quelques questions furent alors agitées parmi les détenus ; elles touchaient à la religion, à la politique, à la souveraineté, enfin au gouvernement direct.

« Lorsque l'homme n'a point le sens religieux, a dit M. de Maistre, non-seulemement nous ne pouvons pas le vaincre, mais encore nous n'avons aucun moyen de nous faire entendre de lui. » J'ai eu souvent, à Perrache, l'occasion d'appliquer cette vérité. Il est une foule de républicains qui procèdent par la négation religieuse absolue. Emportés par la haine contre le sacerdoce, ils proscrivent, en même temps, le symbole, la hiérarchie et le sentiment qui élève l'âme vers Dieu. Cette erreur de certaines intelligences, d'ailleurs fort cultivées, est celle de M. L... Il se figure que la morale et la fraternité peuvent exister, en dehors du bien religieux qui les constitue et

leur donne une réalité d'application ; il m'appelle
jésuite parce que je crois en Dieu !

A Perrache, je combattais son scepticisme ironi-
que et Chevassus réfutait ses données économiques.
Puis, la discussion porta sur la liberté et sur le gouvernement direct du peuple, questions que les bro-
chures de Ledru-Rollin et de Ritinghausen avaient
mises à l'ordre du jour.

Comme elles forment tout le fonds de la démocratie socialiste, je pris aux discussions une part active,
et je me trouvai d'une opinion diamétralement op-
posée à celle de mes confrères en journalisme. Dès-
lors, tous ceux qui sentaient vibrer, dans leur moi
politique, la fibre vaniteuse de la représentation, se
levèrent contre moi. Ils se rangèrent autour de Lesseps qu'ils appelaient *leur patron*, et je me trouvai
délaissé d'eux. Chevassus resta mon ami, et avec
lui tous ceux qui sont attachés à la démocratie sans
calcul d'égoïsme, sans restriction tacite.

Marlet, avec qui j'avais vécu, jusques-là, dans une
douce confraternité et dont j'estime toujours le caractère, cessa tout-à-coup de me parler ; Désolme,
me jeta une insulte pour dernière parole, et M. .....
accompagna de cyniques propos sa désertion. Les
malveillantes insinuations reprirent de nouveau leur
cours ; des lettres haineuses furent expédiées dans
le département. Enfin, Pouzet lui-même, que j'avais
quitté à Roanne, en lui donnant un baiser pour
adieu, ne m'adressa, au sortir de la maison de santé,
ni un mot, ni un salut de politesse. A partir de ce
moment, 8 mars dernier, ma vie s'est écoulée silen-
cieuse et solitaire, et je ne me suis nourri que de

ma propre pensée. Je dois cependant déclarer que
Duffau a eu le courage de résister au mot d'ordre qui
m'a placé, comme disent les marins, en quarantaine.
Il a eu la délicatesse de ne pas imiter ceux qui se sont
tous bravement réunis contre un seul. Il s'est toujours
souvenu que nous avons souffert ensemble, que
nous avons été liés à la même chaîne, que nous
avons couché sur la paille de Perrache, parce que
nous étions trop pauvres, tous deux, pour louer un
matelas. Il a continué ses relations amicales avec
moi, faisant ainsi preuve d'une indépendance et
d'une charité d'âme dont je lui serai toujours re-
connaissant.

Je suis obligé d'interrompre, ici, le récit d'une
persécution qui dure encore et contre laquelle j'ai
dédaigné de protester. Je n'ai pas voulu perdre, en
me laissant emporter à de vaines plaintes, la dignité
que prête la résignation à l'homme injustement op-
primé. Voilà pourquoi je n'ai donné ni mon nom,
ni mon adhésion aux pièces diverses qui ont été pu-
bliées par mes co-détenus, depuis notre retour à
Agen. Comme je ne veux retirer aucun bénéfice ex-
térieur de ma captivité, je crois inutile de passion-
ner l'esprit public, à mon sujet; je préfère qu'il
s'instruise à la patience par mon exemple.

Je dois, toutefois, à mes amis, la confidence des
dernières méditations de mon esprit; elles se trou-
vent consignées dans mon journal de prisonnier,
d'où je les extrais, afin qu'elles servent de conclusion
à cette brochure que j'ai hâte de terminer.

20 Mai.

La liberté consiste dans l'intelligence absolue du

droit de chacun et dans la volonté de le réaliser.
C'est la puissance sociale de développer ses facultés,
impliquant la conscience du devoir, supposant l'exercice du pouvoir.

21 Mai.

La souveraineté populaire est l'exercice permanent et collectif du droit. Par cet attribut de l'universalité des citoyens, l'homme moral et politique limite son droit individuel par le droit et la liberté
d'autrui. Cette limite devient une loi émanée du
souverain, à laquelle chacun se soumet et qui crée
le devoir.

22 Mai.

Entre l'absolutisme monarchique, qui puise son
principe hypothétique dans une transmission mystérieuse de l'autorité divine, et l'absolutisme démocratique, fondé sur la raison individuelle et collec-
tive, il n'y a pas de moyen terme. On ne doit pas
dire : monarchie ou république, mais bien : esclavage ou liberté, justice ou oppression.

Tous ceux qui ne sont pas pour la souveraineté
populaire absolue, qui refusent d'admettre l'*Autonomie* et le gouvernement direct, font de la monarchie
et proclament l'usurpation.

23 Mai.

Dans notre époque, demi-barbare, demi-civilisée,
la loi est faite en dehors du peuple, malgré le peuple, en défiance du peuple, contre le peuple, au profit d'une minorité.

On dit le peuple souverain et il n'a, ni le droit d'i-
nitiative, ni celui de sanction. C'est un contre-sens
qui n'existait même pas à Rome, durant le règne du

patriciat. Nous y trouvons l'appel au peuple et le
véto du tribun.

24 Mai.

Louis Blanc reconnaît trois principes sociaux :
autorité, individualisme, fraternité ; il veut que la
liberté, qui procède de l'individualisme, soit subor-
donnée à la fraternité.

Mais il ne s'est pas apperçu que sa division n'est
que le résumé des époques passées. L'autorité a dominé dans les siècles d'ignorance, l'individualisme
dans les périodes de doute et de recherche, la fraternité est un principe religieux.

Pour la philosophie positive, l'attribut de liberté
dans l'homme, comme dans Dieu, est antérieur à
tout autre principe. L'homme se comprend existant
et voulant, avant de se reconnaître lié aux autres par
l'égalité de droits et par la fraternité. La liberté est
donc de droit naturel, tandis que la fraternité est
un sentiment acquis, développé, enseigné.

25 Mai.

Le Christ et J. Huss n'ont parlé que de la fraternité, parce qu'ils n'ont enseigné que le côté religieux
de la vie. Luther a proclamé la liberté, mais en la
bornant au domaine de l'esprit ; il s'en est servi
comme élément de protestation contre l'autorité ;
c'est le doute individuel.

La révolution française a fait de la liberté un dogme social universel, en lui adjoignant les termes
égalité et fraternité qui la complètent.

26 Mai.

Le mal physique et le mal moral sont utiles, en
ce sens qu'ils servent à développer le bien. C'est le

mal qui donne un nom au bien. Le mal cesse d'exis‑
ter lorsqu'il a contribué à l'éclosion du bien.

27 Mai.

La fraternité ne peut servir de base unique à un
état social, parce qu'elle n'a aucune défense contre
l'oppression et qu'elle s'interdit la résistance. La li‑
berté, au contraire, est un droit toujours vivant qui
produit l'égalité en s'unissant à la notion de justice.
La démocratie ne peut grandir que sur cette double
base : liberté, justice.

RÉSUMÉ DU DERNIER CHAPITRE.

Le parquet de Lyon nous a retenus, sept mois
en prison, avant de reconnaître qu'il n'y avait pas
lieu......

Celui d'Agen, nous prenant en sous-œuvre, cher‑
che, depuis deux mois, à découvrir s'il y a lieu......

MORALITÉ.

Si la loi romaine avait admis la prison préven‑
tive, Néron n'aurait pas eu besoin d'employer le
poison de Locuste, comme instrument de gouver‑
nement.

www.ingramcontent.com/pod-product-compliance
Lightning Source LLC
Chambersburg PA
CBHW060826250626
47162CB00005B/1963